ハーレクイン文庫

氷の罠と知らずに天使を宿し

ジェニー・ルーカス

飛川あゆみ 訳

HARLEQUIN
BUNKO

THE CHRISTMAS LOVE-CHILD

by Jennie Lucas

Published by Harlequin Japan, a Division of K.K. HarperCollins Japan, 2024

氷の罠と知らずに天使を宿し

◆主要登場人物

グレース・キャノン……………秘書。
マクシム・ロストフ……………石油会社の経営者。
アラン・バリントン……………グレースのボス。石油会社CEO。
キャロル・キャノン……………グレースの母。
ジョシュ、イーサン、コナー……グレースの弟たち。
フランセスカ・ダンヴァーズ……マクシムの元婚約者。
ダリヤ・ロストフ………………マクシムの妹。

1

今日はこれ以上悪くなりようがない。そう考えながら、ボスの婚約者のために買った千ポンドもする高級ランジェリーの包みを提げて地下鉄の出口から出たグレース・キャノンは、走ってきたロールスロイスに真正面から泥水をかけられた。

十二月半ばのロンドンの街は菫《すみれ》色の宵闇《よいやみ》に包まれ、凍りつくように寒い。雨はすでにみぞれに変わっているが、ナイツブリッジの歩道はまだ買い物客でにぎわっている。車がはねあげた泥水は氷のように冷たく、まるで平手打ちのように体を直撃した。グレースはよろめき、尻もちをついた。そのはずみでショッピングバッグが車道のほうにころがっていく。思わず叫び声をあげると、手で顔をおおった。ショッピングバッグが行き交う人々の足に踏まれながら遠ざかっていくのを見ないですむように。

そのとき、見知らぬ長身の男性がたくましい腕で人込みをかき分けて近づき、ようやくグレースは息をつくことができた。歩道に座りこんでいる彼女の前に立ちはだかったその男性は、黒髪で肩幅が広く、高価そうな黒いカシミアのコートを着ていた。

彼はグレースのほうに顔を向けた。

浅黒い肌に青みがかったグレーの瞳が印象的だ。イタリア製の靴からコートの下のピンストライプのスーツに至るまで、富と権力の持ち主であることを物語っている。これほど男らしい美にあふれた男性にはこれまで一度も会ったためしがない。くっきりとした高い頬骨、力強い顎の線、古代ローマ人のような彫りの深い横顔。視線を下ろすと、唇にはほほえみが浮かんでいた。

彼が手を差し出したとき、一瞬、雲間からまぶしい日が差し、彼の姿がシルエットになった。「さあ」

グレースはくらくらしながら腕を伸ばし、彼の大きな手の中に手をすべりこませた。見知らぬハンサムな男性に引っぱり起こされながら、さっき車に冷たい泥水をかけられたときよりも強い衝撃が体を走るのを感じた。

「ありがとう」彼女は消え入りそうな声で言った。

とそのとき、彼が何者かに気づき、あえいだ。

プリンス・マクシム・ロストフ。

喉が締めつけられて声が出ない。

グレースはもう一度見た。見間違えようがない。

私を助けてくれたのはプリンス・マクシム・ロストフなのだ。

このけたはずれに裕福なプリンスは、資産家がごろごろしているロンドンでも最も有名なロシア人だった。ビジネスでも私生活でも非情なことで知られ、自分のボスが聖人に思えるほどだ。貴族の婚約者と別れてからのこの二カ月間は、毎晩違う女性を連れているところをパパラッチに撮られている。

プリンス・マクシム・ロストフ――私のボス、アラン・バリントンの強力なライバル。最悪の敵。

しかも先月、アランは彼の婚約者を奪ったばかりか、彼が合併を進めていた会社を横取りしたのだ。

「許してほしい」神妙そうに見つめる落ち着いたブルーグレーの瞳が、グレースにはレーザー光線のように熱く感じられた。「君に泥水をかけたのは僕の車なんだ。運転手がもっと注意すべきだったのに」

「あの……いいんです」彼の大きな手がまだ自分の手を包んでいるのを意識するあまり、グレースはそう言うのが精いっぱいだった。数分前、冷たく凍えそうだった体は、急速に温まりつつある。

熱いくらいだ。湯気が出そうなほどに。

グレースは体を引こうとした。ここはアランの住んでいるタウンハウスから二ブロックしか離れていない。もしも私がプリンス・マクシムと話しているのを目にしたら、アランは決して私を許さないだろう。私は彼が最も信頼する秘書なのだから。そして、とりわけ今夜は彼の機嫌がよくなければ困るのだ。

しかし、それがわかっていても、グレースはプリンスに握られた手を引き抜くことができなかった。彼は、強引で口のうまい昔ながらの映画スターを彷彿《ほうふつ》とさせた。まさに、一九二〇年代の映画から抜け出てきたルドルフ・ヴァレンチノだ。血と砂に彩られた過酷な世界で容赦なく女を誘惑する色男。無垢《むく》で無力な乙女を破滅へと導く堕天使。

「家まで送ろう」

グレースの歯はかちかち鳴った。「私……」彼女は首を振った。「いいえ、その必要はありません」

プリンスはグレースを引き寄せると、もの憂げに腕を撫《な》でて、コートの袖《そで》についている水滴を払った。服の上から彼の手の感触が伝わり、グレースの体は急にほてりだした。まるでカリフォルニアのビーチに裸で寝そべっているような心地だ。サンタアナの熱風が吹きつけたように、彼の触れたところがかっと熱くなる。

「送らせてもらう」

汗の玉が胸の谷間を流れるのがわかった。「いえ、本当にけっこうです」グレースはなんとか言葉をしぼり出した。「この近くに住んでいるんです。歩いて帰れる距離ですから」

プリンスは彼女を見おろした。セクシーな唇には酷薄そうな笑みが漂っている。「だが、僕は送っていきたいんだ」

そして、相変わらずグレースの手を握ったまま放さない。グレースは口の乾きを感じた。この二年間、むなしい思いを寄せてきたボスのアランでさえ、こんな熱い反応を起こさせはしなかった。これほど激しい感情で神経の隅々までざわめかせはしなかった。アランが婚約者を手に入れ、彼女のためのクリスマスプレゼントを買うように頼んでくる前でさえ……。


ランジェリー！

グレースはあえぎ、車道を見まわした。

ちょうどそのとき、ショッピングバッグが曲がってきたタクシーに直撃されるのが目に入った。ショッピングバッグの中に入っていたラベンダー色のギフトボックスが飛び出して、数珠つなぎの車のほうにころがっていく。「ああ、だめ！」

グレースはプリンスの制止を振り切り、観光客をかき分けて歩道の端まで行くと、通りの左右を確認した。乗用車や二階建てのバスやタクシーの間をすり抜けていくつもりだった。しかし、プリンスがたくましい腕を彼女の前に突き出して行く手を阻んだ。

「死にたいのか？」彼の英語は完璧《かんぺき》だった。どこの国のものともわからない独特なアクセントがあったが。イギリス英語とアメリカ英語のアクセントに、もっと異国風の抑揚が混じっている。

いかないわ！」

「あれは」グレースは即座に言い返した。「私のボスが婚約者に贈るクリスマスプレゼントなんです。中にレイトンのシルクのランジェリーが……。あれを持たずに帰るわけにはいかないわ！」

「君がボスのために死ぬ必要なんかない」

「私のボスはアラン・バリントンなんですよ」

グレースはプリンスをじっと見つめ、事実を知った彼がどんな反応を示すか待った。私は彼の敵のもとで働いている。しかもその敵は、彼が合併を考えていた〈イグゼンプラリー石油〉を横取りしただけでなく、美しく気性の激しい婚約者、レディ・フランセスカまで奪ったのだ。

プリンスの端整な顔はまったくの無表情だった。彼がなにを考えているのか、皆目わからない。アランとはまるで違うと、グレースは思った。あの気まぐれなボスの考えていることはいつも手に取るようにわかる。よく考えもせずに口にする言葉やそのハンサムな顔に浮かぶ表情で。

だが、アランの屈託のない笑顔は即座にグレースの脳裏から消えた。ロシアのプリンスが手を伸ばして彼女の顎に添え、仰向かせたからだ。「君のボスは間違いなく君の犠牲に値しない男だ」

グレースは唇を舌で湿らせた。「たった今、私を車道に押しやりたいくらいじゃないんですか？」

プリンス・マクシムの顔に傲慢《ごうまん》な笑みが浮かんだ。「貴重な人材を失わせて君のボスを困らせてやりたいのと同じくらい、通りが君の血だらけになるのは耐えられないよ」彼はグレースの顔にかかった髪をやさしくかきあげた。「僕は昔かたぎの男でね」

私がライバルのもとで働いているとわかったのに、どうして彼はいつまでも親切にしてくれるの？　なぜ悪態をついたり、冷たく突き放したりしないの？

プリンスの手の感触に新たな興奮が体を駆けめぐり、グレースははっとして身を引いた。

「新しいランジェリーを買えばいい」

「新しいランジェリー？」彼から離れて平静を取り戻したグレースは、信じがたいと言いたげに笑った。「あなたにとってはレイトンの製品も高価でもなんでもないんでしょうね。でも……」

「僕が代金を出すよ」プリンスはブルーグレーの瞳でまっすぐに彼女を見つめた。「もちろん」

これがだれかほかの人の申し出だったら喜んで受けただろう。だが、この男性の申し出となるとそうはいかない。自分のボスの最悪の敵となると。

いや、受けてもいいだろうか？

そのとき、ラベンダー色の箱が赤い二階建てバスにぶつかり、道路の真ん中の脂の浮いた水たまりにころがっていった。グレースにはそれがまるでスローモーションのように見えた。

　クレジットカードで高額のランジェリーを買ったにもかかわらず、今夜品物を持たずに帰ったら、アランは激怒するだろう。彼は他人の過ちを決して許さない。それによって自分が迷惑をこうむるのならとくに。アランはずっと、自分の会社に繰り返し打撃を与えつづけたプリンス・マクシムを憎んできた。この数年、〈カリ・ウエスト・エネルギー〉の株価は下がりつづけ、株主たちは最高経営責任者《CEO》であるアランの交代を要求していた。

　だがそれも、六週間前、慈善舞踏会でアランがレディ・フランセスカ・ダンヴァーズと出会うまでのことだ。二人の電撃的なロマンスは、フランセスカの父親であるヘインズワース伯爵の力添えをアランにもたらした。〈イグゼンプラリー石油〉の会長である伯爵の。それによって、イギリスとロシアのエネルギー共同開発事業は、イギリスとアメリカのそれに取って代わられた。以来、アランは毎日のように、いかにしてついに自分の商売敵をつぶすことができたかを上機嫌でグレースに語って聞かせた。

　グレースはアランの自慢話に喜んで耳を傾ける気になれなかった。というのも、話の流れで、美しい赤毛のレディ・フランセスカを彼のベッドに誘いこんだいきさつも詳しく聞かされるはめになるからだ。

　ランジェリーをだめにしたことを知ったら、アランは怒りでおかしくなって代金を弁償しろと言うだろうか？　私に必要な給料の前借りをさせてくれる代わりに、私の給料から代金を差し引く？

　グレースはひそかにうめいた。

「僕の申し出を受けてくれないか、ミス・キャノン」プリンス・マクシムが平静に言った。

「断るのは頑固で愚かなまねだ」

「どうせ、頑固と愚かは私のミドルネームですから」グレースは自分に腹を立てながら言い返した。

　本当ならロサンゼルスにとどまって、毎月実家の借金を返しつづけるべきだったのに、私はこうしてロンドンにいる。ボスに夢中になるあまり、頑固で愚かだったからだ。まったく、どうしようもない。私みたいな女のための自己救済プログラムがあるべきだ。そう、人を人とも思わないボスにどうしようもなく恋してしまった女のための。

「頑固《スタボーン》と愚《フーリッシュ》かが？」プリンスの口元がほころんだ。「どうやらこの数年でアメリカの洗礼名の流行は変わったらしいね、ミス・キャノン」

「私のミドルネームは、本当はダイアナです」グレースは目を細めてプリンスを見た。「でも、あなたはすでにご存じなんでしょう？　どうして私の名字を知っていらっしゃるの？」

「君はバリントンのもとで働いていると言った」彼は黒い眉を上げた。「彼が最も信頼を寄せている秘書の名前を僕が知らないわけがないだろう?」

プリンス・マクシムは私の名前を知っている。

その事実に、グレースは体が温かくなった。自分が……一目置かれているような気がした。

ぼんやりしていたグレースは、カメラをぶらさげて〈ハロッズ〉のショッピングバッグを持ったいかにもの観光客二人にあやうく突き飛ばされそうになった。それでも、なんとか足を踏んばってこらえ、マクシムをにらみつけた。「だったら、彼が最も信頼を寄せる秘書である私がなぜあなたの厚意を受けられないか、おわかりでしょう?」

プリンスはのんきそうにほほえんだ。「このことにバリントンは関係ない。ランジェリーの代金を肩代わりするのは、君への個人的なお詫《わ》びだ」

グレースはごくりと唾《つば》をのみこんだ。彼に熱いまなざしをそそがれ、考えがまとまらない。「私自身はあなたの敵というわけではありませんけど……」

「それなら、問題はなにもない」

「でも……」

プリンスは再びグレースの手を握った。彼の温かいてのひらは妙にエロチックだった。そんなふうに感じるとは思ってもみなかったが。ボスにむなしい片思いをしてきたせいで、男性にこんなふうに親密に触れられるのは久しぶりだった。

そう、ハロウィーンパーティ以来だ。あのとき、泥酔したアランはグレースを腕に抱き、派手にキスをした。そして、そのままオフィスのカウチに倒れこんで意識を失ったのだった。

悲しい出来事だ。それがグレースにとってのファーストキスだった。学生時代、ひたすら勉学に励んでいた彼女はだれともデートをしなかった。父が亡くなると、悲嘆にくれるあまり、男性など目に入らなくなった。大学を中退したあとは、ロサンゼルスのダウンタウンで派遣社員として働きながら、夫の死から立ち直れない母と弟たちの面倒を見るのに忙しく、恋愛どころではなかった。

グレースは二十五歳でバージン——現代の化石だ。

プリンス・マクシムを取り巻く女性たちとは大違い。

でも、彼の車が私に泥水をかけたのよ。グレースは自分に言い聞かせた。そのせいで私はランジェリーの箱を落とすはめになった。あのランジェリーがなければ私は破滅してしまう。だったら彼に代金を出してもらってもいいんじゃない？

そうしたいのはやまやまだった。グレースは落ち着きなく舌で唇を湿らせた。プリンスの視線が唇をなぞるのがわかると、頬が熱くなり、口が乾いた。

「外は寒い」彼が言った。「車を待たせてあるんだ」

「で、でも、レイトンの製品は高価なんですよ」グレースはぎこちなく言った。「エルメスヤルイ・ヴィトンが大安売りに思えるほどですから」

「金のことはなんとかなるだろう」プリンスはこともなげに言うと、片手を上げて車に合図し、もう一方の手をグレースの背中に添えて道路の縁石のほうに導いた。そこには黒いロールスロイスのリムジンがとまっていた。

グレースは背中に当てられた彼の手を感じ、全身を震わせた。こんなふうに触れられたら降伏せざるをえない。プリンスのほうを振り返り、彼女はささやいた。「アランには黙っていてくれますよね」

プリンスは忍び笑いをもらした。「そうしよう」

腰のあたりに置かれた彼の手から震えが伝わり、腕を這《は》いあがってから脚へと下りていった。グレースは息を吸いこんだ。「ありがとう」

「こちらこそありがとう」彼女を見つめるプリンスの瞳がきらめいた。「美しい女性と過ごすのはいつでも楽しみだ」

その言葉が魔法を解いた。グレースは思わず鼻を鳴らしそうになり、あわてて咳《せき》でごまかした。

私が……美しい？　まさか！　自分に際立ったところがないのは承知している。しかも今はノーメイク、古着のスーツとくたびれたコートという格好で、ポニーテールに結った髪は濡れそぼっている。

それなら、どうしてこんなハンサムなプリンスが私を救うために突然目の前に現れたの？　彼の運転手が走り過ぎざまに私に泥水をかけたから？　彼が誠意とクリスマスの慈善の精神の持ち主だから？

あるいは、ほかになにかあるの？

疑惑が再び戻ってきた。昔だったら、いいほうに考えただろう。しかし、アランのもとで働きはじめてから、人がどんなに狡猾《こうかつ》になれるかを知ってしまったのだ。ビジネスにおいても恋愛においても。

彼は私を利用して、アランに奪われた契約と婚約者を取り戻そうと考えているのではないかしら？

「前もって言っておきますけど」グレースは冷静に言った。「いくら親切にしてくださっても、私がアランの気を変えさせることはありませんから」

プリンスは感心したようにほほえんだだけだった。

二人はリムジンにたどり着いた。プリンスは運転手に向かって首を横に振ると、グレースのために自らドアを開けた。「どうぞ」

クリスマスの買い物客の群れに背を向けて立ちながら、グレースはためらった。急に、自分が間違ったことをしているのではないか、悪魔に魂を売ろうとしているのではないかという気がした。

彼女が動かないでいると、プリンスがからかうように言った。「僕が怖いわけじゃないだろうね？」

グレースは唇を噛《か》み、プリンスの整った顔を見あげた。まさに彼が怖かったのだ。彼の富が、彼の権力が、だれもが知っている非情さが。だが、それ以上に、彼が触れるたびに自分の体を貫く熱い反応が怖かった。触れるどころか、彼が見るだけで……。

グレースは不安を抑えこんでかぶりを振った。「怖くありません」大嘘《うそ》だ。「ぜんぜん」

「だったら乗って」プリンスが促した。

そのとき、一陣の風が吹きつけ、グレースに氷雨が降りかかった。濡れたブロンドの髪が頬を打ち、肌に張りつく。けれど、冷たさは感じなかった。プリンスの熱いまなざしがそそがれていたからだ。

そして、グレースは心を決めた。いや、本当は選択の余地など最初からなかったのだ。彼女はロールスロイスの後部座席に乗りこんだ。

プリンスがドアを閉めてくれた。

プリンスの視線から解放され、後部座席に落ち着いたとたん、グレースはショックを受けた。まるでバッキンガム宮殿で目覚めた夢遊病患者のように。私はここでなにをしているの？　これは、敵であるプリンス・マクシムのリムジンなのよ。

いいえ、彼は敵なんかじゃない。プリンスが車をまわって反対側のドアへと向かうのを見つめながら、グレースは混乱した頭で考えた。彼はアランの敵よ。世間ではなんて言うんだったかしら？　友達の敵は敵？　それとも、敵の敵は友達？

ドアが開き、このロンドンで最もハンサムで冷酷な男性が隣に乗りこんできた。熱っぽい瞳に見つめられると、体じゅうがほてり、汗ばんできた。

「どうしてそんなに親切にしてくださるの？」

「僕は親切にしているかい？」

「もしも私のボスの秘密が知りたいのなら……」

「もうすぐクリスマス――喜びを分かち合うときだ。だから君に喜んでもらいたいんだよ」プリンスは運転手のほうに顔を向けた。「出せ《ダヴァイ》」

黒いロールスロイスはなめらかに縁石から離れた。そしてプリンス・マクシム・ロストフは、グレースを雑事からも人込みからも冷たい外気からも救い出し、彼の贅沢《ぜいたく》な世界へとさらっていった。

2

車が込み合ったナイツブリッジ通りを抜け、メイフェアに向かうと、マクシムは混乱の色を浮かべた愛らしいブルーの瞳を見おろした。彼女は僕を〝親切〟だと言った。その意味を確かめるように、彼は心の中で同じ言葉を繰り返した。

親切だって？

このプリンス・マクシム・イヴァノヴィッチ・ロストフは、親切だからここまでのしあがれたのではない。

高祖父はパリに亡命している間、まるでいまだにセントペテルスブルグに領地を持つロシア皇帝の皇子であるかのように金を使った。自分のアパートメントに物乞《ご》いにやってくる下層階級の人々に気前よくほどこしを与えた。

確かに高祖父は親切だった。ロンドンに移してあったロストフ家の財産を使い果たしてしまったのだから。ロシアの人々がソヴィエト政府を倒し、彼に戻ってきてほしいと請うのを待ち焦がれながら。

マクシムの父も親切だった。若く愛らしいアメリカ人の妻を養うために屈辱的な仕事につき、あげくの果てに、自分の父親と同じように酒に溺《おぼ》れて命を落とした。やさしい妻と十一歳の息子とまだ赤ん坊の娘をあとに残して。母は生計を立てるために生まれ故郷フィラデルフィアに子供たちを連れて帰った。

しかし、マクシムは……。

自分本位だった。冷酷非情だった。欲しいものは必ず手に入れた。だからこそゼロから巨万の富を築けたのだ。

そして今、彼はグレース・キャノンが欲しかった。

この一時間、マクシムは彼女を待ち伏せしていた。地下鉄のナイツブリッジ駅を出てアラン・バリントンのタウンハウスの地下にあるフラットへ向かうところをつかまえようと、運転手にブロンプトン・ロードを行ったり来たりさせていたのだ。

この若いアメリカ人の秘書は、すべてを解決する鍵《かぎ》だった。

彼女はバリントンを破滅させるのに役立ってくれるだろう。あの男はずっと目ざわりな存在だった。そしてついに、越えてはならない一線を越え、僕のものであるはずの契約と女性を奪ったのだ。

バリントンはフランセスカを自分の婚約者にしたことで破滅を免れたと思っているはずだ。それが勘違いだったとわかる日はそう遠くない。あの男は花嫁も契約も失うはめになるだろう。

僕がバリントンをたたきつぶすからだ。あの男はそうされてもしかたない。

グレース・キャノンは僕に手を貸してくれるだろう。彼女が望もうと望むまいと。

マクシムは笑顔でグレースのほうを向いた。柔らかいカシミアのブランケットを広げ、彼女の震える肩にかけながら。

「ありがとう」グレースは相変わらず歯をかちかち鳴らしている。

「どういたしまして」

「あなたは私が思っていた人と違うみたい」彼女はブランケットを頬に押し当ててささやいた。「みんなが言っているような人には見えませんもの」

「みんなはなんて言っているんだい？」マクシムはグレースがもたれている革張りの座席の背にさりげなく腕をかけた。彼女はまだ震えていた。

「みんなは……あなたのことを……冷酷なプレイボーイと言っています」グレースは記憶をたぐり寄せた。「あなたは自分の時間の半分を商売敵を打ち負かすために使い、残りの半分を女性を征服するために使うと」

マクシムは笑った。「当たっているよ。それがまさに僕という人間だ」

マクシムの腿がグレースの腿をかすめた。そのとたん、彼女は飛びあがりかけた。そして、まるで彼が火傷《やけど》でもさせたかのようにさっと体を離した。

彼女は過敏になっている。ひどく。

それには三つの理由が考えられる。

一つ目――彼女は僕を恐れているから。マクシムはその可能性を除外した。もし彼女が本当に僕を恐れているなら、車に乗りはしなかったはずだ。

二つ目――彼女には男性経験がないから。マクシムはその考えも却下した。二十五歳にもなってバージンなどということがありうるか？　今どき、まずありえない。しかも、彼女はバリントンのもとで働いているだけでなく、彼の家に住んでいるらしい。あの男はきっと何度なく彼女を口説いたに違いない。

とすれば、三つ目の可能性しかない。彼女には僕のものになる心の準備ができているということだ。

マクシムはじっくりとグレースを眺めた。彼女はぱっと男の目を引く女性ではない。赤毛と真っ赤な爪とみだらな真紅の口紅がトレードマークの、色鮮やかな風鳥《ふうちょう》のようなフランセスカに比べると、これといって特徴のないやぼったいグレース・キャノンはくすんだ茶色の雀《すずめ》だ。

しかし……。

今改めてグレースを見たマクシムは、第一印象ほど平凡でないのに気づいた。大きめのコートと濡《ぬ》れたポニーテールのせいでそんなふうに見えただけだ。どうやら勘違いをしていたらしい。

ノーメイクの肌は完璧《かんぺき》なまでに白くなめらかだ。まつげと眉は見事な金色で透き通るようだが、そのおかげで淡い色の金髪が脱色したのではなく生まれつきのものだとわかる。白い歯も、映画スターのように目がくらむほど真っ白ではないから、漂白したわけではないのだろう。おずおずとしたほほえみは、今まで見たことがないほど温かく愛らしい。体型は奇抜な最新流行の服が似合うような痩《や》せぎすではなく、豊かな曲線を描いていて、ひどく悩ましい。

この一見さえない秘書は、実は美しい。

目立たない美しさだ。それが世間の目から彼女を守っているのだ。地味な服装とぱっとしない髪型の下で、美が太陽のようにまぶしく輝いている。

彼女は美しさを隠している。なぜだ？

「どうしたんですか？」グレースが突然不安そうに眉をひそめてマクシムを見あげた。

僕の企《たくら》みを見抜いたのだろうか？「えっ？」

「私のこと、じっと見ていらっしゃるから」

「君は美しい」マクシムは率直に言った。「冬の日差しのように透明だ」

グレースは頬を染め、淡いピンクの唇を噛《か》んで顔をそむけると、すり切れかけたコートとは対照的な贅沢《ぜいたく》なカシミアのブランケットをつかんで、できるだけ彼から離れた。そして、ため息をのみこみ、冷たいみぞれに濡れたクリスマスのイルミネーションを窓ごしに眺めた。「からかわないでください。自分がきれいじゃないことくらい知っているわ」

「君は美しいよ、グレース」マクシムは静かに繰り返した。

ファーストネームで呼びかけられ、グレースは鋭い視線を彼に投げかけた。「私にお世辞を言ってもむだです、殿下」

マクシムはゆったりとほほえんだ。「僕のことはマクシムと呼んでくれ。いったいなぜお世辞だなんて思うんだい？」

「あなたはロンドンでいちばん有名なプレイボーイですもの。でも、私は簡単にのせられるような女じゃないんです。そんな見え透いたお世辞を言われたからって〈イグゼンプラリー石油〉との契約にかかわることをうっかりもらしたりしませんから。アランは今ではヘインズワース伯爵を味方につけているわ。あなたに勝ち目はありません」

なるほど、彼女は美しいと同時に勘も鋭い。マクシムは彼女を知れば知るほど興味がわいた。「嘘《うそ》はついていない」

「私はそこまで世間知らずじゃないのよ。自分が美人じゃないのはわかってる。あなたが私を美しいなんて言う理由は一つしかないわ」

「その理由とはなんだい？」

「私にアランを裏切らせたいからです」グレースは顎を上げた。「でも、私はぜったい裏切りません。そんなことをするくらいなら、いっそ死ぬわ」

「忠誠心か」ますます興味を引かれ、マクシムはグレースを見つめた。彼女はボスに対して、僕が思っていた以上の感情を抱いている。バリントンに恋しているのだろうか？

恋していると思っているなら、かわいそうな話だ。そこまでいちずとは、尊敬に値する。

いくら金を出せば、彼女に愛するバリントンを裏切らせることができるだろう？　それができないなら、彼女を誘惑してあの男と別れさせなければ。

別の男に恋している女性をなびかせるのはまたとないチャレンジになりそうだ。復讐《ふくしゅう》にロマンチックな味わいを添えられる。

しかし、マクシムがグレースに興味をそそられているのは、もはや復讐のためばかりではなかった。競争心やプライドのためだけでもなかった。

急に、この愛らしい秘書の魅力をおおい隠しているみすぼらしい服をはぎ取りたくなった。彼女の本来の美しさを知りたくなった。ベッドの中の裸身を。自分に寄り添う豊満な体に触れ、夜明けの薄紅色の光の中であえぐ彼女の素顔を見たい。

マクシムに見つめられ、グレースの青白い頬にゆっくりと赤みが差してきた。まるで、彼の所有地ダートムーアの広大な雪原に立ちこめる濃い朝霧に、血の色をした太陽の光が差すように。彼女はそわそわと、ふっくらしたハート形の唇に舌を這《は》わせた。見ていると、きれいにそろった白い歯が下唇を噛み、それから舌が唇の両端を湿らせた。

マクシムは自分の体がこわばるのを感じた。彼女が金での取り引きを断ってくれればいい。そうすれば、彼女を自分のものにするしかなくなる。良心の呵責《かしゃく》も自責の念も感じずに。

「レイトンのブティックはボンド・ストリートにあるんですけど」マクシムの視線に落ち着かないようすでグレースが言った。

マクシムはにやりとした。「運転手が知っている」

「もちろんそうでしょうね。あなたはあんなにたくさんの女性とデートをしているんですもの。きっと何度もあのブティックに行ったはずだわ」グレースは顔をそむけ、窓の外に目を向けた。そして、ささやくような声でうらやましげに言い添えた。「お金の心配をしたことがないってすてきでしょうね」

そのとたん、マクシムは十四歳のときの骨まで凍るような寒い冬を思い出した。家族が暮らすちっぽけなアパートメントにはまったく火の気がなかった。母は臨時雇いの仕事をくびになり、三歳の妹ダリヤは震えながら泣いていた。追いつめられた母はダリヤを施設に入れた。そこなら暖かいからだ。

マクシムは学校をやめ、フィラデルフィアの街角で新聞を売った。冷たい雨がすべてをずぶ濡れにした。マクシムのコートも。雨は三日間降りつづいた。冷たく湿った空気が彼の肌を土気色にし、体の芯《しん》まで凍えさせて歯の根を合わなくさせた。

濡れたコートを隠せば、母が自分のコートを着ていくように言い張るのはわかっていた。そして、自分は職業紹介所へコートを着ずに重い足を引きずっていくはずだと。なんでもいいから仕事を求めて。

その三日間でマクシムは人生で最も貴重な教訓を得た。

金が人の人生を左右するのだと。まともな人生を送るのか、悲惨な人生を送るのか。金がなにもかも決める。なにもかもすべてを。

そして、お人よしでは金は得られない。

「まるでおとぎの世界にいるみたい」ボンド・ストリートの美しく装った店員たちや高級車や華やかなクリスマスのイルミネーションを眺めながら、グレースが言った。「なにからなにまでおとぎ話」

羨望《せんぼう》を浮かべた彼女の美しい顔を見て、マクシムは突然、この世間知らずの女性に自分が心底冷酷なことを教えてやりたい衝動に駆られた。

だが、実行に移しはしなかった。いずれにせよ、彼女はそのことを思い知るだろうから。つらい形で。

グレース・キャノンは、僕がなにを知りたがっているかを理解することになるだろう。僕が情報を金で買おうとしているのを。それが無理なら、彼女を誘惑して聞き出そうとしているのを。

あるいは、情報を得られるかどうかは抜きにして、とにかく彼女を誘惑しようとしているのを。

今まで一度も経験したことのないロマンスを彼女を味わわせよう。とてつもなく贅沢なロマンスを。金に糸目はつけない。彼女が我を忘れるまでキスをしよう。そうすれば、ほかの女と同じように彼女もこの手に落ちるはずだ。

僕は彼女の体を奪うだろう。

それから、彼女を捨てるのだ。

お人よしでは男は金持ちになれない。成功もつかめない。

3

レイトンのブティックは、ボンド・ストリートでも最も敷居の高い店だった。制服を着たいかめしい顔の警備員たちが前に立つドアを通り抜けた瞬間、グレースは自分が緊張するのがわかった。警備員たちにじろりと見られると、畏《おそ》れ多くもこの特権階級向けの高級店に足を踏み入れようとする貧乏人たちへの見せしめとしてつまみ出されるのではないかという気がした。

上品なクリーム色で統一された店内を見まわし、唾《つば》をのみこむ。さっきここでランジェリーを買うのは死ぬほどつらかった。アランが自分以外の女性を選んだという事実をいやというほど思い知らされたからだ。その美しく裕福な貴族の令嬢と出会った瞬間、アランはつい前日の夜に泥酔してグレースにキスをしたことなどきれいさっぱり忘れ果てたのだった。

それはグレースにとって記念すべきファーストキスだった。しかし、アランにとってはあっさり忘れてしまえるものでしかなかった。

「あら、戻っていらしたんですね」女性店員が嘲《あざけ》るように言い、グレースの着古したコートから傷んだブーツまで軽蔑《けいべつ》をこめて眺めた。「まだなにかボスのためのクリスマスの買い物がありましたの？」

「あの、ええ、そうなんです」グレースは言葉につまった。「さっき買ったのとまったく同じものがいるんです。落としてしまって……」

話している途中で、店員の目がグレースの肩の向こうにそそがれた。店に新しい客が入ってきたのだ。

振り返らなくてもマクシムだとわかった。瞬時に店内に電流のようなものが走り、店員が千ワットの明るさで顔を輝かせて、大急ぎで大理石の床を横切るためにグレースを押し倒しかけたからだ。

「殿下！　またお会いできてどんなに光栄か」店員が甲高い声をあげた。「新製品を数多く取りそろえております。ぜひごらんください！」

グレースは体をこわばらせて顔をそむけた。人に無視されるのには慣れている。

そのとき、力強い手がグレースの肩に置かれた。

「まずは僕の美しい友人のために、彼女が買った品と同じものを用意してほしい」マクシムは店員にそう言うと、グレースを見おろした。「それから……彼女が欲しいと思うものをそろえてくれ」

「もちろんです、殿下」店員はあっけにとられたように口を開け、さっきとは打って変わった尊敬のまなざしをグレースに向けた。

マクシムのブルーグレーの瞳と手の感触にどぎまぎし、グレースの体はかっとほてった。

「僕の車が君に泥水をはねかけたんだ。許しがたい無作法だよ。僕にできるせめてものことは君に新しい服を買うことだ。新しいコートをね」

グレースは熱いものが体じゅうを駆けめぐるのを感じながらマクシムを見つめた。ほんの少し前、自分がここにいないかのように無視されていると感じていたのに、マクシムに触れられただけで生気がよみがえった気がした。彼のたった一言で自分の価値が認められたように思えた。

「なんでも欲しいものを、グレース」マクシムはやさしく言って彼女の頬を撫《な》でた。「それを買ってあげられたら僕もこの上なくうれしい」

強い切望に体が震えた。グレースが思わずマクシムの手に顔を押しつけると、彼はそっと頬を包みこんだ。離れなければと思ったが、足が思うように動かなかった。足だけでなく、体全体が。その瞬間、このプリンスが本当はどれほど危険かわかりかけた。

グレースは唇を舌で湿らせた。「ありがとう。でも、ご厚意をお受けするわけにはいかないわ」

マクシムの手はグレースの首筋からコートに包まれた肩へとたどっていく。「なぜこんなもので自分を隠してしまうんだい？　自分の美しさを世間に見せるのが怖いのか？」

彼は本当に私のことをきれいだと思っているのかしら？　あれはただのお世辞じゃなかったの？

「これを着たらきっとすてきだよ」マクシムはマネキンに着せてあるナイティに触れた。春に咲く薔薇《ばら》のような淡いピンクのシルク製で、大きく開いた胸元はレースで飾られ、身ごろから下は優雅に広がって、裾《すそ》が床につくほど長い。

いつもTシャツとフランネルのパジャマのズボンを身につけて寝ているグレースは、こんなに贅沢《ぜいたく》なものに包まれて眠る自分の姿が想像できなかった。

気がつくと、繊細なシルクをなぞるマクシムの筋張った指を目でたどっていた。ふいに、このナイティを着て彼に触れられたらどんな感じがするか、わかるような気がした。シルクの上から彼に力強く愛撫《あいぶ》されたらどんな感じがするか。

グレースはあわててその生々しいイメージを頭から追い出した。私はどうしてしまったの？　男性にナイティ姿を見られたことすら一度もないのに。フランネルのパジャマ姿でさえ。それはこれからだって変わらないはずよ。

「見ず知らずの人に寝巻きを買ってもらう習慣はありませんから」グレースはマクシムの手から逃れるように体を引き、すてきなピンクのナイティに無理に背を向けた。

「だったら、ランジェリーはなしだ」マクシムがおもしろがっているように言った。「それならコートにしよう。このコートはどうだい？」

「コート？」つい気をそそられ、グレースは向き直った。暖かい車の中でカシミアのブランケットにくるまっていたのに、溶けたみぞれがキャメル色のコートにしみこんだせいでまだ震えがとまらなかった。カリフォルニアにいたときはまともなコートなど持っていなかったので、ロンドンに来てから古着店で買ったのだ。実用的に見えたし、値段も手ごろだったが、雨に弱く、そのうえ不格好だった。もっとも、その点は気にしないようにしていたが。

「僕の車が君のコートをだいなしにしたんだ」マクシムが指摘した。「君の誇り高さは認めるが、僕に代わりのコートを買わせてくれるくらいいいじゃないか。だって当然のことだろう」

彼は幅の広い襟のついた 踝《くるぶし》丈の黒いラム革のコートに触れた。プリンセスにふさわしい豪華なコート。数時間前、最初にこの店に来たときに見とれたものだ。ただ、遠目に見てうっとりしたにすぎない。触ってみる勇気さえなかった。とりわけ、値札に視線を落としたあとでは。一万ポンド。ドルに換算すると……。

新車が買える。

グレースは目を閉じ、羨望《せんぼう》を抑えこんだ。

「それに、これも持っていたほうがいい」マクシムはこの上なくすばらしいシルクのカクテルドレスを示した。「色が君の瞳にぴったりだから」

グレースはむさぼるようにカクテルドレスを見た。ファッション雑誌から抜け出てきたように美しい。おずおずとシルクに触れ、ためらいながらも思いきって値札を見た。四千ポンド。

なにを考えているの？　自分のボスのライバルにカクテル一杯おごってもらうことさえ許されないのに、ましてやドレスを買ってもらうなんて！

こういう服は、レディ・フランセスカのような裕福で魅惑的な女性が身につけてしかるべきだ。私のような貧しく平凡な女ではなく。ブーツはディスカウントショップ、シャツはウォルマートで十ドル以下で買い、スーツはロサンゼルスの通販で手に入れた。父が亡くなってからのこの五年間、家族を養うためになにもかも切りつめてきたのだ。

喉元に熱い塊がこみあげた。あれほどがんばったのに、さらなる追い討ちが待っていた……。

「君にこのささやかな贈り物をさせてくれ」マクシムがうむを言わせぬ口調で言った。「僕がそうしたいんだから、断ることはできないよ」

それでもグレースは断りかけた。

この美しく贅沢な衣類が欲しいのはやまやまだけれど、自分にふさわしくないのはいやというほどわかっている。ここにあるものはどれも現実離れしているのだ。

「私にこれを着てどこへ行けというんですか？」誘惑に負けそうになっているのに気取られないように、グレースは顎を上げて言い返した。「雑貨店？　それとも郵便局？」

マクシムの唇にほほえみが浮かんだ。「君がこれを着て出かける場所ならいくつか思いつくよ。それを脱ぐ場所も」

マクシムのセクシーな笑みを見たとたん、ぞくぞくするような震えが体を駆け抜けた。なぜ彼は私を口説くようなそぶりを見せるのだろう？　まるで私が魅力的な女性であるかのように。

冷酷な億万長者のプリンスが私に少しでも興味を持つ理由は一つしかない。私を利用して、アランが横取りしたものを取り返すためだ。

契約と花嫁を。

グレースは断固として背を向けた。マクシムにも、黒いコートにも、華やかなブルーグリーンのカクテルドレスにも、そして、それらが体現する贅沢で享楽的な生活にも。自分の魂を売るようなことはしたくない。アランを裏切るようなまねも。

「お断りします」一生持つことはないとわかっているものへの未練を抑えこみ、グレースは言った。「だめになったランジェリーを買ってくださるだけでけっこうです。それ以外のものはいただけません」

マクシムは肩をすくめた。「たかが金を出すってだけじゃないか」

たかが金。その言葉にグレースは笑いたくなった。お金がたっぷりあればこそ、たかが金などと簡単に言えるのだろう。そのお金のせいで、五年前に父が亡くなったとき、私は大学を中退せざるをえなかった。母は月々の支払いのことで気をもみ、毎日、冷蔵庫に入っているものを食べ尽くしてしまう育ち盛りの三人の息子のことで胸を痛めつづけた。そして今、家族は唯一の家を失いそうになっているのだ。

「なにが欲しいんだい?」マクシムのブルーグレーの瞳がじっとグレースの目を見つめた。失った夢をすべてかなえてやるとささやくようなそのまなざしに、意志がくじけそうになる。「なにが欲しいか、言ってくれ。君が望むものならなんでもいい。口にしさえすれば、それは君のものになる」

「住宅ローンの返済です」グレースは消え入りそうな声で言った。

「なんだって?」

「いえ……なんでもありません」アランの敵に借金の肩代わりなど頼めるわけもない。それがどれだけ高くつくことになるか。アランの信頼を裏切ることになるのだ。そんなまねはできない。代償が大きすぎる。

アランは給料の前借りをさせてくれるはずよ。グレースは必死に自分に言い聞かせた。たぶん……。

そして深呼吸をすると、マクシムから顔をそむけ、店員に自分で言った。「白のシルクとレースのベビードールをお願いします。サイズはＳＳです」

「すぐお持ちします」店員がかしこまって応じた。

グレースは店員がランジェリーを丁寧にたたみ、薄紙に包むのを見ていた。品物はレイトンのロゴが印刷されたクリーム色のつややかな箱に入れられ、白いシルクのリボンがかけられた。

「僕の申し出を断るなんて、百人のうちでただ一人だろう」ロシアのプリンスが言った。

「いや、千人のうちで一人だな」

グレースは振り返り、なんとかぎこちない笑みを浮かべてみせた。「あなたは私のボスのライバルですもの。だめになったランジェリーの代わりを買っていただいただけで十分だわ。あなたから贈り物をいただくいわれはありません」

「だれにもわかりはしないのに」

「私はわかっています。それにあなたも」

「まあね」マクシムはまっすぐにグレースを見つめた。「君は見あげた女性だな」

どう応じたらいいかわからず、グレースは落ち着かなかった。長いこと、存在しないも同然に扱われてきた身としては、マクシムのような男性にこんなふうに見つめられると、頭が混乱してしまう。

まるで何年も闇《やみ》の中で過ごしてきて、突然まばゆい太陽の光を浴びたかのようだった。

体じゅうがほてっている。彼の熱っぽい視線に目がくらみそうだ。

視界の隅に店員が明るい笑顔でショッピングバッグを差し出すのが見えた。「すてきなクリスマスを、お客様。ぜひまたご来店ください」

「それは僕に」マクシムがグレースの代わりにショッピングバッグを受け取った。

プリンスで、そのうえ紳士なの？

そのことにグレースは衝撃を受けた。もしもアランと一緒に買い物に行ったら、荷物は全部私が持つことになるだろう。彼は手ぶらが好きなのだ。そして、いつもからかうように言う。〝女っていうのはショッピングバッグを持つのが好きなんだろう？〟

マクシムは今まで知り合った男性とは違う。危険な香りがする。彼がとてもハンサムで冷酷だから？　億万長者でしかも紳士だから？　プリンスだから？

なんにせよ、彼はレイトンの服のようなものだ。私にはふさわしくない。現実離れしている。

それでも、グレースは目をそらすことができなかった。頭の片隅では、彼の恋人になったらどんなだろうと考えずにはいられなかった。

待機していたロールスロイスにマクシムとともに乗りこみながら、グレースは自分の腕に添えられた彼の手のたくましさを感じた。その手が自分の体にくまなく触れる感触を想像した。濡《ぬ》れたコートの下の体が震えたのは寒さとはなんの関係もなかった。

「あなたの元恋人のためにランジェリーを買うはめになるなんて皮肉ですね」車が縁石を離れると、グレースはつぶやくように言った。

マクシムは肩をすくめて目をそらした。「彼女はいずれ僕のもとに戻るさ」

「でも、彼女はアランと婚約したんですよ」

マクシムの顎がこわばるのが見て取れた。「二カ月前には彼女は僕と一緒にいたんだ」

「まさか――」

「彼女の話はしたくない」マクシムはいきなり話題を打ち切った。「僕が話したいのは君のことだけだ」グレースを見おろし、にやりとする。「君にはウォーミングアップが必要だな」

「私になにが必要ですって?」グレースはあえいだ。

「今夜、ディナーを一緒にどうだい?」

私をデートに誘っているの? グレースはなんとか震えを抑えようとした。「そんなこと、できるわけないわ」

マクシムの黒い眉が寄った。「なぜ?」

「おなかはすいていませんから」そこでタイミング悪くおなかが大きな音で鳴り、グレースは真っ赤になった。今日は昼食もとらずにアランの友人や親族に婚約通知を書いていたのだ。その間、当のアランはフランセスカと、彼女の父親が所有する郊外の邸宅で婚約祝いの昼食会を開いていた。「もしアランに知れたら……」

「知れるわけがない」

「ディナーにお金をかける余裕はないわ」

「食事代なら、もちろん僕が喜んで――」

「けっこうです」

マクシムは明らかにむっとしたようすでため息をついた。「君は自分に厳しいんだな」

「あなたの厚意に甘えたくないので」再びおなかが鳴り、グレースは唇を噛《か》んだ。「でも……たぶん、ちょっとした軽食ならいいかもしれません。割り勘で」そして、アランに見つからない限りは。「〈ハロッズ〉のそばにティールームがあるんです。そこなら私たちの家の近所ですし」

マクシムは眉を上げ、そらぞらしくきき返した。「私たちの家？　ルームメイトがいるのかい？」

グレースは頬をほてらせた。「アランと同じ家に住んでいるんです」

マクシムは、なるほどという顔をした。「そういうことか」

「別に恋人同士というわけではないの。誤解のないように言っておきますけど」マクシムは納得したようには見えない。グレースはますます頬が熱くなるのを感じた。「私はアランの家の地下室を使わせてもらっているんです。彼の第一秘書としてすぐに連絡がつかないと困りますから」

「君たち二人にとっていかにも好都合な話だな」

「あなたは誤解しているわ」グレースはあわてて言いわけした。「なにもうしろめたいところなんてありません。彼は毎月、私のお給料から家賃を差し引いていますもの」

マクシムが突然笑いだした。「ほんとかい？　それじゃ、君が一日二十四時間彼のために待機して、自分の時間を削って彼の使い走りまでしている一方で、彼はそんな君を地下室に住まわせ、家賃まで取っているのか？」マクシムはかぶりを振った。「君がなぜそこまで彼に尽くすのか、理由は明らかだな」

「そんなんじゃないわ」グレースはいらだって言うと、座席の背にもたれ、通り過ぎていくハイドパークをこわばった表情で見つめた。「アランを侮辱するつもりなら、ティールームへ行く話はなかったことにして、まっすぐ家に送ってください」

「彼を侮辱してはいないよ」

「いいえ、侮辱したわ」

「僕はただ君の忠誠心に感嘆しているだけさ。君はもっと大事にされていいのに」

グレースはマクシムを見つめた。私はもっと大事にされていい？　そんなことは今まで考えてもみなかった。以前はロサンゼルスのダウンタウンで低賃金の派遣の仕事をしていた。それが〈カリ・ウエスト・エネルギー〉の秘書に採用され、若いころのヒュー・グラントに似た、エネルギッシュでハンサムなブロンドの最高経営責任者《CEO》を見て、一目でのぼせあがった。そして、自分はなんてラッキーなのかと思ったのだ。

でも、このロシアのプリンスは、私がもっと大事にされていいと思っている……。

「ティールームはこの近くかい？」マクシムが尋ねた。グレースが目を上げると、バックミラーに映った運転手が指示を仰ぐようにちらりと見た。

グレースは無愛想に言った。「そこを右に。信号を過ぎてすぐです」

優美なティールームのオーナーであるフランス生まれの白髪の老婦人は、店のドア口に立ったマクシムの広い肩を見て、面くらったようだった。彼の男らしさは花柄の壁紙の店内では浮いて見える。だが、すぐに二人をいちばんいいテーブルに案内してくれた。真向かいの〈ハロッズ〉の華やかなウインドーと買い物客たちが眺められる奥まった席だ。

オーナーのマダム・シャルボンが注文をききに来ると、グレースはマクシムが先に注文するのを待った。アランはいつもさっさと自分から注文する。

しかし、マクシムは小さなテーブルごしにグレースの手を取って尋ねた。「君のお勧めはなんだい？」

「私は……あの……」グレースは大きなマクシムの手に包まれた自分の手を見おろした。彼に触れられていると、まともに頭が働かない。「ええと……」ほころびたメニューを取りあげるふりをして手を引き抜く。その中身はとっくに暗記しているのだが。「紅茶はイングリッシュブレックファストがいいと思います。ペストリーもサンドイッチも絶品です」そして、マダム・シャルボンを見あげてメニューを返した。「私はいつもので」

マダム・シャルボンがうなずいた。

マクシムもメニューを返した。「僕も同じものを」

「承知《ウィ》しました、ムッシュー」

マダム・シャルボンが立ち去ると、グレースはあっけにとられてマクシムを見た。「私がなにを頼んだかさえ知らないのに」

マクシムは肩をすくめた。「君はこの店をよく知っている。だから君にまかせるよ」

グレースは舞いあがらないように自分を戒めた。「なにが運ばれてくるか知りたいですか？」

「僕は驚かされるのが好きなんだ」

ふだんのグレースは驚かされるのは嫌いだが、なぜか好きになりはじめていた。彼女は深呼吸をした。「車の中では不機嫌にしてごめんなさい。あなたはアランを侮辱していたわけではないんですね」

「君のような女性がそばにいて彼は幸運だよ」

グレースは小さなテーブルを見おろした。実をいえば、給料のあまりの低さにときどきぼやきたくなる。しかも、今より上がることはないのだ。一年半の間、第二秘書として働いてから、半年前に第一秘書に昇進した。だが、仕事の責任は重くなったのに、アランはなんの手当もつけなかった。そして、いつも言いわけと笑顔で昇給を引き延ばそうとする。

その後、アランは〈イグゼンプラリー石油〉との合併といういちかばちかの賭《かけ》に出ると決め、十月初めに会社をロンドンに移した。

ロサンゼルスでは生活費が安くすんだ。実家に住めたし、家族の世話をすることもできた。ロンドンで暮らしている今はアランに家賃を払い、毎月百ドルを母に送金するのがやっとだ。

マダム・シャルボンがホットチョコレートとクロワッサンを運んでくると、グレースは気のめいる考えを押しやろうとした。つらつら考えても、無力感と不安と……怒りに駆られるだけだ。

アランは私を助けてくれるわ。きっと。

「なにを考えているんだい?」マクシムがさぐるようなまなざしで尋ねた。

グレースは舌が火傷《やけど》しそうなほど熱いホットチョコレートをごくりと飲んだ。「なにも。ただ、あなたはシベリア横断鉄道に乗ったことがあるのかしらと思って」

マクシムの黒い眉が上がった。「おもしろいことをきくね」

「だって、あなたはロシア人でしょう?」グレースは羨望をこめてほほえんだ。「まだ子供のころ、シベリア横断鉄道に憧《あこが》れていたんです。モスクワから太平洋まで、七つの地帯を横断し、ほぼ一万キロをひた走る鉄道に」

「君をがっかりさせて悪いが」マクシムはそっけなく言った。「僕がモスクワにいるのは一年のうちのほんの数カ月でね。北部の油田へ行くときはジェット機を使うんだ」

「もちろんそうでしょうね」グレースはため息をついた。「それなら、ロシアにいないときはどこにお住まいなの？　ロンドン？」

「世界じゅうに家があるんだ。六つか七つか。そのときどき都合のいいどれかに住んでいるよ」

グレースはまじまじと彼を見つめた。「六つか七つ？　いくつかもはっきりわからないの？」

マクシムは肩をすくめた。「それだけ必要だから持っているんだ。飽きたら売るよ」そして、ホットチョコレートの上にたっぷりのったホイップクリームを舌ですくった。グレースは思わず目を奪われた。それから彼はホットチョコレートを飲み、クロワッサンをかじった。「うまいね」

「気に入っていただけてよかった。アランはホットチョコレートが大嫌いなんです」

突然マクシムは射抜くような鋭い目でグレースを見た。「彼を愛しているのか？」

グレースは息がとまりそうになった。「なんですって？　だれを？」

「君は彼の忠実な奴隷だ。彼の家に住みこみ、自分の時間も彼の用事に使っている。金のためじゃないのは明らかだ。君はなんの見返りも受けていないんだから。だとすれば、そうする理由は一つしかない。君が彼を愛しているからだ」

　グレースは否定しようと口を開きかけたが、急に嘘《うそ》をつくのがいやになった。なにもかも抑えこむのも、本心を隠すのも、だれにも頼らずにいるのも。

「ええ、彼を愛しているわ」グレースは両手に顔をうずめた。「一縷《いちる》の望みもないのに」

「わかるよ」マクシムが言った。グレースが顔を上げると、驚いたことに彼の表情にはいたわりと同情がうかがえた。「逆の立場だが。若かろうが、若くなかろうが、秘書たちはみんな僕と愛し合うことを夢見て、やがて落胆する。痛ましいものさ」

「私もそう」グレースは小さく笑ったが、やがてすすり泣きに変わった。いや、すすり泣きが笑いに変わったのだろうか？「そして今では、彼は別の女性と婚約している。きれいで、裕福で……」

「意地悪で？」マクシムは彼女と目を合わせた。「残酷で卑劣な？」

　グレースは息をのんだ。「あなたがそんなことを言うなんて……。彼女を愛していたんでしょう？」

　マクシムは話題を変えた。「君はそんな扱いに耐えることはないよ。代わりに僕のところで働けばいい」

　すでにホットチョコレートを飲みおえていたのは幸いだった。そうでなければ噴き出していただろう。グレースは目を見開き、マクシムが冗談を言っているのではないことを確かめた。彼は大まじめだった。

「あなたのところで働く?」彼女はあえいだ。

「秘書がもう一人欲しいんだ。バリントンから離れて、君を高給で迎える男のもとで働いてくれ」マクシムはほほえんだ。「ほかの男を愛しているという事実は、君の身を守ることになるだろう」

グレースは唾をのみこんだ。「それがあなたの恋人を横取りした男でも?」

「信頼できる秘書が必要なんだ。忠誠心の意味を知っている頭のいい女性が。忠義を尽くす相手を替えても君は後悔しないと思うよ。誓ってもいい」

一瞬、グレースはその気になりかけた。アランの代わりにこのハンサムなプリンスのもとで働くのはどんなだろう?

「バリントンが払っていた給料の倍額払うよ」

倍額?

グレースは唇を舌で湿らせた。「お給料の前払いについて考えていただける?」

マクシムは一瞬もためらわなかった。「ああ」

グレースは深呼吸をした。これで実家を手放さずにすむ。「それであなたはなにを得るの?」

「失った契約を取り戻すのを君に手伝ってもらえる」

「それに、フランセスカを取り戻すのも？」

マクシムは肩をすくめ、それから手を差し出した。「取り引き成立だね？」

グレースは目を閉じ、アランの口説き文句を思い出した。彼が自分から離れないでくれと頼んだのは一度や二度ではなかった。〝君なしじゃ生きていけないよ、グレーシー〟彼はそう言って、映画スター並みのまぶしい笑顔を見せた。グレースは天にも昇る心地だった。そして、アランがいつか自分をただの秘書以上の存在として見てくれることを祈りながら、彼の言葉を胸の中で温めつづけた。

そのあと、美しいレディ・フランセスカ・ダンヴァーズが富と権力をちらつかせてアランに近づいた。

でも、アランが私にどんな冷たい仕打ちをしようと、彼を裏切ることはできない。頑固で愚か……。グレースは心の中で苦々しくつぶやき、かぶりを振った。「お申し出はありがたいけれど、私の返事はノーよ」

マクシムは手を引っこめ、うなずいた。「わかった」

ところが、がっかりしたようには見えない。むしろ、クリームをなめている猫のように、グレースのノーという返事を愉快に思っているようだ。

クロワッサンを食べおえたグレースはテーブルに代金を置くと、名残惜しそうに椅子から立ちあがり、手を差し出した。「楽しい午後をありがとうございました、プリンス・マクシム」

マクシムはグレースを見た。彼女は一瞬、その底知れない瞳に吸いこまれそうになった。「礼を言うのは僕のほうだよ、グレース」マクシムはグレースの手を取った。しっかり組み合わせた指からぬくもりが伝わり、体じゅうが熱くなる。彼は手を握ったまま、彼女の指に一本ずつキスをした。「通りに立っていた君の姿は決して忘れない。淡い金色の髪が輝いて、まるで天使のように見えた。太陽のようにまぶしかった」そこで彼女の手を返し、てのひらに唇を押し当てる。

エロチックなうずきがグレースの体を貫き、胸の先が硬くなった。突然、全身がこわばり、期待が高まって……。

マクシムが彼女の顔を見おろしてつぶやいた。「また会うときまで」

彼が手を放すと、グレースはティールームを出た。頭がくらくらしている。〈ハロッズ〉の前の人込みを抜けながら、レイトンのショッピングバッグをしっかりとつかむ。まるでそれに命がかかっているかのように。てのひらにはまだセクシーなキスの感触が残っている。

マクシムはかすかに唇を触れただけで忘れられない記憶を刻みこんだのだ。クリスマスのイルミネーションと華やかなショーウインドーに彩られた冬の夜の闇の中で、グレースは右手を見おろした。そこにだれが見てもわかる火傷の跡が残っていることを期待して。

だが、肌はなめらかなままだった。

もう二度とマクシムに会うことはない。たぶん、そのほうがいいのだろう。

いや、ぜったいにそのほうがいいのだ。

でも……。

給料の前借りなんてとんでもないとアランに断られたら……愛する男性がほかの女性と結婚するのを目の当たりにしなくてはならなくなったら……。

ハンサムなプリンスと過ごしたこの魔法のような午後のひとときを大切な思い出にしよう。彼は私にやさしくし、プリンセスのように大事にしてくれた。

家に向かう途中でみぞれは柔らかな雪に変わった。

この二年、アランへの報われぬ愛を胸に秘めてきた。けれど、アランはマクシム・ロストフのように私をどぎまぎさせはしなかった。私を震わせもしなかったし、体じゅうを熱くさせもしなかった。

でも、マクシムがなにを私に感じさせたにせよ、もうどうでもいい。ため息が冷気にさらされ、白い靄《もや》となった。グレースは三階建てのテラスハウスの玄関へと続く階段をのぼっていった。

おとぎ話は終わったのだ。

4

アランが戸口でグレースを待っていた。

「ちょうどいいときに帰ってきてくれた！　君にプレゼントがあるんだ、グレーシー」

瞳を輝かせてアランが差し出したのは飛行機のチケットだった。グレースはチケットを見つめた。このナイツブリッジのテラスハウスにセンスよく飾られたクリスマスツリーのきらめくライトが、自分のまわりでぐるぐるまわりだしたような気がした。

「メリークリスマス」アランが満足げに言った。

グレースは息を吸いこんでアランを見あげた。ときどき彼が自分の恋心につけこんで安い給料でこき使っているのではないかと思うこともあるけれど、やはり私のことを気にかけてくれているのだ。そうでなければ、なぜわざわざチケットを用意してくれたりするだろう？「ありがとう。クリスマスにはどうしても実家に帰りたかったの。でも、そんな余裕はないから――」

「わかっているよ」アランはにっこりした。

「ありがとう、アラン」グレースは泣きだしたいような気持ちだった。「どんなにうれしいか」

「クリスマスイブに契約が成立したらすぐ飛行機に飛び乗って、太陽と海を楽しみに行くといい」アランはため息をついた。「君がいない間、どう耐えたらいいかまるでわからないけど」

グレースは深呼吸をした。「アラン、実は大事なお願いが――」

「おいおい」アランはうめいた。「昇給の話はやめよう。僕は〈カリ・ウエスト・エネルギー〉の最高経営責任者《CEO》で、君は僕の右腕だ」彼はウインクしてみせた。「それだけで君には十分な栄誉だろう?」

彼の右腕、でも、彼の腕に抱かれる女性ではない。グレースは無理にほほえんだ。「年末に昇給かボーナスについて話し合おうと言ってくれたじゃないですか。私は本当にせっぱつまっているの。というのも――」

「悪いな、グレーシー」アランは片手を上げた。「その話はもう少し待ってもらわないと。フランセスカとのデートに遅れているんでね」

「でも、アラン――」

「明日話そう。今度こそちゃんと約束する」アランはグレースの手を取った。だが、マクシムに触れられたときのようなうずきはこれっぽっちも感じなかった。アランの手はただ温かくて柔らかいだけだった。「その間にやっておいてほしいことがあるんだ。たいした仕事じゃないが」彼は大きくにっこりした。「僕を結婚させてほしいんだよ」

「な、なんですって？」

「フランセスカは結婚式の日取りを決められないでいる。それで僕は考えたんだ。なぜそんなことで気をもむんだ？　駆け落ちすればいいじゃないか。そこで君のことが頭に浮かんだ」アランの顔に晴れやかな笑みが浮かんだ。「クリスマスイブに駆け落ちしたい。行き先はスコットランド。ハネムーンはバルバドス。君にその手配を頼みたい」

アランは自分がなにを頼んでいるかわかっていない。わかるはずもない。彼にとってハロウィーンの夜に起こったことはただのキスにすぎないのだから。グレースにとってはこの二年間抱きつづけた夢の頂点だった。そのわりに、想像していたほどのときめきはなかったが。一時間前、てのひらに感じたプリンス・マクシムの唇の感触より熱くもなかった。黒髪のロシアのプリンスの記憶を頭から追い出そうと、グレースは深呼吸をした。「駆け落ちが名案だと思うの？　花嫁はおそらく——」

「完璧《かんぺき》だ」アランは顔をしかめて言った。

「わかりました」グレースはため息をつき、まだレイトンのショッピングバッグをしっかり握っているのに気づいた。「ご注文のプレゼントです」

「ありがとう」アランは玄関のクローゼットからコートを取り出すと、ショッピングバッグを肩にかけ、ドアの前でウインクした。「駆け落ちの準備をよろしく頼むよ。いいね？」

アランが出ていってからドアをロックしたグレースは、熱い塊が喉にこみあげるのを感じ、くるりと背を向けた。彼の婚約者のためにプレゼントを買うなんて最悪だと思っていた。二人の駆け落ち結婚のお膳《ぜん》立てをするなんてその千倍も悪い。

覚悟していた以上に傷ついた。

今日の午後をプリンス・マクシムと過ごしたからだろう。久しぶりに男性に注目され、触れられ、自分の中で眠っていたなにかが目覚めたに違いない。私は見つめられ、触れられたかったのだ。そうされると、心地よかった。そして……生気がみなぎるような気がした。なのに、今はなにも感じない。

グレースは地下の自分の部屋に行き、静かにドアを閉めると、濡《ぬ》れた服を脱いだ。着古したスウェットシャツとフランネルのパジャマのズボンを身につけてから、カウチにどさりと腰を下ろし、古いテレビをつける。そして、クリスマスイブの駆け落ちの手配をするためにノートパソコンを持ってきた。ちょうど二週間後だ。

だが、パソコンを開くこともなければ、テレビを見ることもなかった。ただ、子供のころに母が作ってくれたキルトにくるまって、ぼんやりと壁を見つめていた。

アランは本当にレディ・フランセスカ・ダンヴァーズと結婚するつもりなのだ。

涙がすり切れたキルトに落ちた。父の生命保険金が底をついていたのになぜ気づかなかったの？　母が生活苦を隠していたのがどうしてわからなかったの？　それに、私をただの秘書としてしか見てくれない男の人を愛するのをやめられないのはなぜ？

そのとき、地下の入口のドアをノックする音が聞こえ、グレースははっとした。

急いで目をぬぐい、キルトを肩にかけて、カウチから立ちあがる。アランがまた鍵《かぎ》を忘れて出かけ、地下の入口から入ろうとしているに違いない。どぎまぎして心臓が早鐘を打ちだした。今度こそ彼に話を聞いてもらおう。〝アラン、私にはお給料の前借りが必要なんです〟グレースは声に出さずに言ってみた。〝お願いです。今すぐ一万ドルを貸してください。そうでないと家族が家を失うんです〟

彼女はドアを開けた。外は暗く、雪が降っている。「アラン、私には——」そこで息をのみ、言葉を切った。背の高い黒髪の男性がグレースを見おろしていた。瞳の輝きは断じてアランのものではない。

ドア枠にもたれているのはプリンス・マクシムだった。タキシードに黒いコートをはおった姿はあまりにもセクシーだ。グレースの胸はいまだかつてないほど高鳴った。

「ここでなにをしていらっしゃるの？」彼女はあえぎながら尋ねた。

「忘れ物をしてね」マクシムが涙の跡のついたグレースの顔を見つめた。

「なにかしら？」

マクシムのぬくもりに包まれたとき、グレースは一瞬、冷たい月の光で目がくらんだような気がした。彼の両手が頬を包むと、キルトの色がぼやけて見えた。

「これだ」マクシムは手短に言った。

そして、グレースにキスをした。


マクシムはまずそっとグレースの唇に触れ、彼女を引き寄せた。彼の手が髪を撫《な》で、それからゆっくりと背中に下りていくのがわかった。さらにきつく抱き締められると、グレースは爪先までほてった。マクシムが唇を開かせ、じらすように舌先をすべらせるにつれ、全身が欲望にこわばり、体の芯《しん》が熱くなっていく。

それはグレースがずっと夢見ていたキスだった。マクシムにかき抱かれると、世界が竜巻に巻きこまれたようにぐるぐるまわりだした。

私は夢を見ているの？　そうに違いないわ！

体にまわされた腕のたくましさも、キスを満喫する唇の感触も、相手に同じようにキスを楽しんでもらおうとする熱意も、今まで経験したことのないものだった。六週間前の泥酔したアランの軽はずみなキスとはまるで違う。

アラン！

私は彼の家で彼の敵とキスをしている！

「やめて」グレースは震えながら訴えると、体を引き離した。「お願いだからやめて」

マクシムは彼女の顔にかかった髪を払った。「バリントンを愛しているからだね？」

「いいえ……いいえ、そうよ」グレースは首を振り、嗚咽《おえつ》のような笑い声をもらした。「なにも言わずに出ていってほしいの」

「なにも言わずに僕と一緒に来てほしい」

彼は私と外出したがっている？「同情なんてしてほしくない――」

「同情？」マクシムの瞳が陰った。今夜のように月に雲のかかった夜では、ほとんど黒に見えるほどだ。「僕はずっと心を持っていないと人に非難されてきた。実際そのとおりさ。これは君への警告だ」

そして、マクシムは再びキスをした。今度はやさしくなかった。無理やり奪うような強引なキスに、グレースは頭がくらくらし、喜びに体がうずいた。

「今から僕と出かけよう」彼はグレースの頬に唇を寄せてささやいた。「断るなんて許さない」

地下の入口に五分も立っているのに、グレースはほとんど寒さを感じなかった。

でも、マクシムの誘いにのれるわけがない。アランを愛しているのだから。そうでしょう？

「彼が私を女として見てくれることはないでしょうね。でも、キスをしたからって私に彼を裏切らせることはできないわ」

「僕が君にキスしたのはそのためだと思っているのか?」黒い雲の隙間《すきま》から月の光が差し、マクシムの剃刀《かみそり》のように鋭い頬骨と鑿《のみ》で彫ったような顎をなぞった。どこかうらやましげに。「君は魅力的な女性だよ、ソルニシュカ・マヨ」

「ソルニシュカ・マヨ?」グレースはきき返した。

「太陽の光という意味だ」マクシムがささやく。

グレースは着古したスウェットシャツとフランネルのパジャマのズボンを見おろし、かすれた声で笑った。「目が悪いのね」

「君は自分の美しさに気づいていないんだ」マクシムはグレースの目を見つめながら、肩を撫で、そのままキルトにすべらせていった。「僕が本当のことを教えてあげよう」

「あいにく私はあなたを信用していないの」プリンス・マクシムは危険な男性だ。たとえ求めてはいけないとわかっていても……。

マクシムは身をかがめてグレースの片方の頬にそっとキスをしてから、もう一方にも唇をつけた。「君と一緒じゃないと、ここから出ていかないよ」

マクシムの唇の感触が胸を張りつめさせ、下腹部をうずかせる。グレースはもう一度キスをしてほしくてたまらなかった。彼の腕に抱かれていると、なにも考えられない。感じることしかできない。敏感な耳たぶにかかるマクシムの熱い息を感じながら、彼女は目を閉じた。「私には……できないわ」

「できるし、きっとそうするさ。人生がどれほど楽しいものか、君に教えてあげよう」そう言うと、マクシムはグレースから離れた。

グレースはあやうく声をあげて抗議するところだった。このまま目を開けたくなかった。

「だめよ」

「頑固で愚か、か」マクシムは親指でグレースの唇を軽くなぞった。「なぜ僕に逆らうんだい？」

「それは……」こんなふうに唇を撫でられていたら、まるで頭が働かない。「着ていく服がないから」

マクシムはにっこりして指を鳴らした。体重百キロはありそうな大男のボディガードがクリーム色の箱を二つ腕にかかえて階段を下りてきた。そして、その箱をドアのそばに置くと、通りに戻っていった。

グレースは思わず驚きの声をもらし、レイトンのシンボルカラーの二つの箱を見つめた。

「これは？」

「コートだよ」マクシムは言った。「それにドレス」

「レイトンのものじゃないでしょうね」

「君がこれを欲しがっているのはわかっていた。たとえ断ってもね」

喉から手が出るほど欲しかった黒いコートとブルーグリーンのカクテルドレスを思い出

すと、体が震えた。畏《おそ》れ多くて手を触れることさえできなかったのだ。実際に身にまとうことを考えると、心臓が破裂しそうになった。

彼は私を口説こうとしているんだわ。グレースは必死に自分を戒めた。口説いて破滅させようとしているの。

「たぶん君のサイズだと思う。合わなければ、ほかのサイズも車の中にあるが」マクシムはグレースと目を合わせた。「女性の服というのは僕には一つの謎《なぞ》だよ。僕は着せるより脱がせるほうが好きだな」

意に反して体が震えた。グレースは箱を見おろし、唇を舌で湿らせた。羨望《せんぼう》で胸が張り裂けそうだ。

マクシムが彼女の手首をつかんだ。「あらかじめ警告しておくのがフェアなやり方だろうな。グレース、僕は今夜、君を口説くつもりだ」

彼の視線にとらえられ、グレースは息ができなくなった。

「どうぞやってみたらいいわ」どきどきしながらも、なんとか言ってのけた。「抵抗してみせるから」

マクシムは満足げにほほえんだ。「望むところだ」

グレースは再びレイトンの箱を見た。「それから、こんな高価な品をいただくわけにはいかないわ」

「高価じゃないよ」

「ブティックで値札を見たの。コートだけで一万ポンドもしたわ」

「君にはそれ以上の価値がある」マクシムはグレースの頬を撫でた。「君が喜んでくれるなら、いくら出してもかまわない。どんな代償を払っても」

マクシムの富と権力を思い出し、グレースは身震いした。彼にははした金でも、私にとってはひと財産だ。家族を救ってもおつりがくる。彼女は目を閉じた。だめ。考えてはいけない。アランの敵に助けを求めるなんて魂を売るようなものよ。私は無力な人間かもしれないけれど、裏切り者じゃないわ。

「あなたと出かけたことを知ったら、アランは私をくびにするでしょう」

「そうなったら僕のところで働けばいい」

「でも……」

「その服を着るか、裸で出かけるか、だ。決めてくれ。そうでなければ僕が決める」マクシムは箱を持ってグレースの手を取ると、断りもなく部屋の中に入ってドアを閉めた。これで二人きりだ。

空気が急に薄くなったように感じられた。

プリンス・マクシム・ロストフが私の部屋にいる？　彼はすり切れかけたチェック柄のカウチの周囲を見まわしていた。戸棚には昨日のテイクアウトのタイ料理、テレビでは容色の衰えたスターが派手なラメの衣装に身を包んで社交ダンスを踊り、ノートパソコンがカウチのかたわらに置かれている。グレースは頬をほてらせた。

マクシムはセクシーな笑みを浮かべて彼女のほうを向いた。「あるいは、ここにいてもいいが」

ここにいる……彼と？

まさか、まさか、とんでもない。

「ドレスとコートはお借りするということにしていただかないと」その声は自分の耳にも弱々しく聞こえた。「今夜帰ってきたらお返しします」

マクシムはにっこりした。「そのときが待ち遠しいよ」

マクシムの瞳にひそむ底知れない力に、グレースは危険と知りつつ引き寄せられた。彼はまるで、すでにグレースの服をはぎ取り、ベッドに連れていこうとしているかのような目で見ている。

ベッド？　ベッドのことなんてだれも考えていないわ！

今夜マクシムと出かければ、自分でコントロールできない感情に翻弄《ほんろう》されることになるだろう。そこでふいにグレースは、悲しみでも孤独でも不安でもない感情を味わいたいと切実に思った。悩みを忘れたかった。別の世界に飛びこんでみたかった。

箱を取りあげると、膝が震えた。「すぐ戻るわ」

「待ってるよ」

グレースは妙にわくわくしながら小さな寝室に急いだ。ヘアドライヤーで髪をうしろに流してから薄く口紅を引く。カクテルドレスの下にはブラジャーはつけなかった。ドレスを頭からかぶると、贅沢《ぜいたく》なシルクの生地が男性の愛撫《あいぶ》のようにやさしく体を包んだ。

こんなことをすべきでないのはわかっている。

たった一晩だけ。グレースは自分に言い聞かせた。一晩だけ頭痛の種を忘れるの。彼に口説き落とされなければいいのだから。

鏡に映った自分の姿を見て、グレースは息をのむところだった。ほんの少し前までの、みじめでやぼったい秘書とは別人のようだった。薄汚れたシルバーのパンプスを除けば、自分だとは思えないほどだ。鏡の中にいる生き生きとした瞳の若い女性はだれ？

ブルーグリーンのシルクはグレースの瞳の色とまったく同じだった。ローズピンクの口紅が肌をいっそう白くなめらかに見せている。ドレスのデザインは豊かな胸と細いウエストを強調し、一九五〇年代のピンナップガールのような砂時計を思わせる体型を際立たせていた。

服とメイクでこんなに変わるものかしら？

いいえ、それだけじゃない。彼のおかげよ。彼の視線が私を花のように咲かせたんだわ。

一晩だけ。もう一度自分に言い聞かせて寝室を出たグレースは、いきなり足をとめた。

廊下の壁にマクシムがもたれかかっていたのだ。彼はいっそうハンサムで恐ろしげに見え、一瞬、体に電流が走ったような気がした。

「お待たせしてごめんなさい」

まるで獲物に忍び寄る豹《ひょう》のように、マクシムが近づいてきた。ぴったりしたドレスから耳元で揺れるドロップ形のシルバーのイヤリング、長いブロンドの髪、ふっくらしたピンクの唇まで、ゆっくりと視線を這《は》わせていく。そして、小さく口笛を吹いた。

「君は」マクシムは低い声で言った。「待つかいのある女性だよ」

5

車がロンドンの通りを走り抜けていく間、グレースは窓から差しこむ細い三日月の光が照らすマクシムの高い頬骨や角張った顎の線を見つめていた。彼は今まで出会った中で最も美しい男性だ。

美しいという言葉は、こんなにエネルギッシュで危険な雰囲気の男性を形容するにはふさわしくない。だが、彼はまさに美しかった。そうとしか言いようがない。月の光は、彼のまっすぐな鼻や顎のくぼみ、タキシードと黒いコートに包まれた筋肉質の体をいつくしむように降りそそいでいる。

マクシムがこちらを向き、熱い視線をグレースに向けた。

グレースは突然悟った。彼は嘘《うそ》をついていなかった。本当に私が欲しいのだ。

私のような世間知らずの女でもわかる。

レイトンの服はグレースを美しく悩ましい女性に変えていた。マクシムに熱をおびたまなざしを向けられるたびに、そっと触れられるたびに、それに応《こた》えるように体の奥に炎が燃えあがる。

こんなことは長くは続かないだろう。シンデレラのように、今夜の最後にドレスは消えてなくなる。マクシムにプレゼントされるわけにはいかない。

でも……今夜ひと晩だけなら、このドレスが変身させてくれた女性でいてもいい。ひと晩限りの魔法にかかろう。今夜だけ人に見てもらえる女性でいよう。

おとぎ話のプリンセスになろう。

リムジンがなめらかに縁石沿いにとまった。マクシムは車から出ると、自らグレースのためにドアを開けた。彼女の腕を取り、雪の降り積もった歩道に降ろすと、パブやレストランのひしめくコヴェント・ガーデンの通りに導いた。ラム革のコートとマクシムの手のぬくもりのおかげで、凍《い》てつく冬の夜気の中でも暖かく感じられた。

「こっちだ」マクシムは堂々たるヴィクトリア朝様式の建物の中へグレースを促した。クリスタルのシャンデリアに照らされたエレガントなロビーのデスクにはコンシェルジュと警備員がいた。

「どこへ行くの?」

「この建物の最上階の二フロアをペントハウスに改造してあるんだ」彼はにやりとした。

グレースは大理石の床の上でぴたりと足をとめた。「あなたの家であなたと二人きりでひと晩過ごすつもりはないわ!」

「僕の家じゃない。ここに住んでいるのは妹だ」マクシムは無造作に肩をすくめ、金めっきをほどこしたエレベーターに彼女を乗せた。「僕の趣味からすると、ちょっと派手すぎるけどね」

「それなら、なぜ買ったの？」

エレベーターのボタンを押すと、マクシムはグレースに目を向けた。「ラムダー王国のシークは石油パイプライン事業の契約を僕から横取りできると考えた。だから僕は彼の会社を乗っ取って、競売にかけられた彼のお気に入りの自宅を買い取った。思い知らせてやったのさ」

彼の声ににじむ冷たさに、グレースは身を震わせ、思いきって言った。「ずいぶん容赦ないのね」

マクシムは苦々しくほほえんだ。「自分のものを守っただけだ」

最上階に着くと、マクシムはドアをノックした。いかにも堅苦しい雰囲気の執事がドアを開け、目をまるくした。「殿下！」

「まあ！」美しい黒髪の若い女性が執事を押しのけて現れ、マクシムの腕の中に飛びこんだ。「来てくれたのね。ああ、信じられない！」

マクシムはぎこちなく彼女を抱き締めてから、体を離した。「かわいい妹のバースデーパーティに顔を出さないわけがないだろう？」

「嘘つき」彼女は笑いながら言った。「去年も一昨年も来てくれなかったくせに。代わりに高価なプレゼントを送ればすむなんて思わないでね。二台目のアストン・マーチンのコンバーチブルなんていりませんから。私はお兄様に……」そこでグレースに気づき、はっとした。「この方は？」

「友人だ」

「まあ、珍しい。今まで〝友人〟を連れてきたことなんて一度もないのに」彼女は興味津々でグレースを眺めてから急いで言った。「ごめんなさい、気がきかなくて。さあ、中へどうぞ」そして、執事が二人のコートを預かる間、兄そっくりのブルーグレーの瞳をグレースに向けた。「ダリヤ・ロストフよ」

もちろん、グレースはこの有名なプリンセス・ダリヤを知っていた。遊び好きなパーティガールはゴージャスな友人たちと一緒に、しじゅうゴシップ紙をにぎわせているからだ。モデルのようにほっそりした体をシルバーのスパンコールつきのミニドレスに包み、ストレートの黒髪にダイヤモンドのティアラを飾っている。

ダリヤの品定めするような視線にさらされ、グレースは落ち着かず、自分が場違いに思えてきた。「ごめんなさい、バースデーパーティだとは知らなかったんです」彼女はおずおずと言った。「だからプレゼントを用意していなくて」

ダリヤがにっこりすると、きれいな顔にやさしさがあふれた。「フランセスカだったらプレゼントのことなんて頭をよぎりさえしなかったでしょうね。だから、そう言ってくれただけであなたのことがもう大好きになったわ。知りたいなら言うけど、彼女、見た目がゴージャスなだけで中身はからっぽの、鼻持ちならない女よ」

「ダリヤ」マクシムが警告をこめて言った。

「お名前は？」ダリヤが兄を無視して尋ねた。

グレースは咳《せき》払いをした。「グレースです」

「それじゃ、グレース、あなたは今夜最高のプレゼントを持ってきてくれたわ」ダリヤはいとおしげに兄を見た。「さあ、みんなに紹介するわね」

ダリヤは二人を広いペントハウスに案内した。驚くほど天井が高く、大きな窓からはセント・マーチン・レーンが見渡せる。天井の中央にはメタリックなシャンデリアが下がり、さまざまな色の光の輪を作り出していた。広いオープンスペースの真ん中に置かれた家具には、一九六〇年代風のレトロ趣味とキッチュな前衛主義がミックスされている。苺《いちご》の形をしたスツールを見て、グレースは仰天した。

「みなさん」ダリヤがうれしそうに呼びかけた。「だれが来たと思う？　しかもその人はお友達を連れてきたのよ。みなさん、グレースにご挨拶《あいさつ》して」

部屋じゅうから歓迎の声があがる中で、グレースはこの何カ月も感じていなかった幸福感に包まれた。そして、ふいに気づいた。友達と会えなくなってどんなに寂しかったか。

アランのもとで働くようになってから、旧友たちと会うこともままならなくなった。新しい友人を作ることなどもってのほかだった。グレースは友達を持つことも趣味を楽しむこともあきらめ、一日二十四時間アランの完璧《かんぺき》な秘書であることにすべてをそそいだ。でも、今は……。

楽しそうに笑う人なつっこい人たちに囲まれ、海辺でのたき火の記憶がよみがえった。まだ父が生きていたころの、学生時代の思い出だ。アランのもとで働きはじめる前の。あのころ、人生は単純で、気楽だった。友人たちと集い、飲んだり食べたり、語り合ったり笑い合ったりしたことを思い出すと、胸が痛くなった。

ここにいる人たちとの違いは、裕福でもなければ、美男美女ぞろいでもなかったことくらいだ。

グレースはダリアのほうを向いた。「それで、今日はあなたの二十五歳のお誕生日なんですね？」

「思い出させないで」ダリヤはうめくと、恐ろしげに両手で顔をおおった。「私、そんな年に見える？」

グレースは笑い、フレスコ画の描かれた高い天井に掲げられた手書きの横断幕を指さした。そこには〝二十五歳のお誕生日おめでとう、ダリヤ！〟とある。途方もなく贅沢《ぜいたく》で染み一つないモダンな部屋の中で、その手作りの味わいはとてもすてきに見えた。

「ああ、あれを見たのね」グレースの視線の先を見て、ダリヤはため息をついた。「四半世紀もの間、いったいなにをしてきたのかしら？」

「私も日曜日に二十五歳になったばかりなんです」グレースはダリヤに共感を覚えて言った。「その日は一日部屋に閉じこもっていました。二十五歳になったなんて認めたくなくて」

「まさか！」ダリヤが叫んだ。「パーティはなし？」

「ボスがギフトカードをくれました。お気に入りの日本食レストランで一週間ランチを食べられるの」

「パーティはなし」ダリヤが繰り返し、ありえないと言いたげにかぶりを振った。「二十五歳になったのに、パーティを開かないなんてだめよ。マクシム」彼女は兄のほうを向いた。「そんなのばかげてるって彼女に言ってあげて」

「ばかげてるな」マクシムがあっさり同意した。

「ルル」ダリヤが振り返って呼んだ。「パーティハットを持ってきて。そう、それ。さあ、このパーティは私たち二人のものよ」ルルが色とりどりに飾られた帽子を持ってくると、ダリヤはティアラを取り、代わりにその帽子をかぶった。「これ、私にぴったりでしょう」

そして、ティアラをグレースの頭にのせた。「これはあなたによく似合うわ」

「だめよ」ダイヤモンドのティアラはずっしりと重く、グレースはあえいだ。プレゼントも持たずに来ておいて、マクシムの妹を差し置くようなまねなどできるわけがない。この女性は名高い社交界の花、プリンセス・ダリヤで、しかもこれは彼女のバースデーパーティなのだ。「ご親切はありがたいけれど、私には――」

「正直に言うと、それ、あなたのほうが似合うわ」ダリヤは身をかがめ、グレースの耳元でいたずらっぽくささやいた。「兄から贈られたんだけど、まるで私の趣味じゃないのよ」

「ダリヤ、ダンスをしてくれるっていう約束だろう」部屋の向こうから男性が呼びかけた。そちらでは四人編成のジャズバンドが演奏を始めている。

「ちょっと待って!」ダリヤはグレースを抱き締めた。「行って踊ってこないと。あなたが来てくれてよかった。兄は楽しそうだもの。くつろいでね」

ダリヤが行ってしまうと、グレースは頭の上に手をやった。これが全部本物のダイヤモンドだなんてことがあるかしら? 考えただけで、おじけづいてしまう。

そのとき、マクシムが背後にやってきたのを感じた。彼の腕が体にまわされ、首筋に唇が押し当てられる。たちまち胸の先が硬くなり、頭がぼんやりしてきた。マクシムは彼女を振り向かせると、フルートグラスを差し出した。

グレースはおずおずとほほえんでグラスを受け取った。「シャンパンを飲むのは初めてよ」

「クリスタルは手始めとしては悪くない」

彼女は一口味わった。泡が口の中ではじけ、やさしく甘く温かく喉を下りていく。マクシムは手を添えてグレースの顔を上げさせ、見おろした。その瞳は暗く陰り、熱をおびている。グレースは突然、彼はもう一度キスをするつもりだと気づき、なにも考えられなくなった。息をすることさえできない。

マクシムのすべてがグレースを惑わせ、その場に釘《くぎ》づけにした。そして、自分がマクシムの魔法にかかったように、彼をとりこにすることのできる女になりたいと心から思わせた。

彼がもう一度キスをする？　なにを考えているの？　ティアラで締めつけられて頭に血がまわらなくなっているんだわ。

グレースはぎこちなく体を引くと、高価なシャンパンを、まるで缶入りのソーダかなにかのようにごくごくと飲んだ。それから、ティアラをぐいとうしろに押しやった。「これは本物じゃないわよね？　本物のダイヤじゃないんでしょう？」

マクシムは彼女の目をじっと見つめたまま、シャンパンを飲んだ。「台はプラチナだ」

グレースは息をのんだ。自分の頭にのっている光り輝くティアラ一つで実家のローンが全額返済できるのだ。「私が壊したらどうするつもり？　保険をかけているの？」

「ダイヤは壊れない」シャンパンを飲みおえたマクシムは、部屋をまわっているウエイターのトレイに二人のグラスをのせ、グレースを抱き寄せた。「君によく似合っている。ずっとつけているといい」そして、ゆっくりと唇を近づけた。「君は宝石を身につけるために生まれてきたんだ。称賛され、贅沢にひたるために」

だれかが中央のシャンデリアだけ残して照明を消した。薄闇《うすやみ》の中に赤や緑や青の光がきらめく。人々は思い思いに、踊ったり、笑ったり、音楽に合わせて体を揺らしたりしている。若さと尽きることのない富に満ちた世界で、グレースは幻想の中にいるような不思議な感覚を覚えていた。

だが、惹《ひ》かれているのは贅沢さではなかった。

彼女を最も魅了しているのはマクシムだった。

「口説かれるつもりはないわ」グレースは自分に言い聞かせるようにつぶやいた。「ぜったいに」

マクシムはだれが見ていようと気にしないようすでグレースを引き寄せ、唇にキスをした。二人の舌がからみ合う。永遠に自分のものだというしるしを残そうとするかのような激しい口づけだった。

だめ！　マクシムがキスを終わらせようとすると、グレースは力なく彼の胸にもたれかかった。心臓がおかしくなったように打っている。私はマクシムのものになってはいけないのよ！

マクシムはティアラをまっすぐに直し、グレースの肩にかかった髪を撫《な》でた。そして、ウエイターのトレイからシャンパンのグラスを二つ取ると、グレースの手を引いてダンスフロアに向かった。

　それから数時間、二人はシャンパンを飲んだり、踊ったりした。その間、時間の流れ方がいつもと違った。一時間が一分に感じられるかと思えば、一分が永遠のようにも思えた。二人はジャズの調べとサキソフォンの哀切な響きに合わせて体を揺らした。ついにマクシムがグレースを部屋の片隅にやさしく引っぱっていくまで。

　ほかの人々から離れた暗がりで二人きりになると、マクシムはグレースを壁に押しつけた。そして、彼女の首筋に軽く歯を立て、耳たぶを口に含んだ。グレースはあえぎながら、さらなる愛撫《あいぶ》を求めた。

　マクシムがとうとう唇にキスをし、舌を深くからませてきた。その瞬間、グレースはアランに尽くさなければならない理由どころか、彼の名前さえ忘れかけた。

「グレース」マクシムがキスの合間にささやいた。「そろそろ行かなければ」

「行く？　もう？」グレースはたじろいだ。

「真夜中を過ぎたよ」

「まあ」それはシンデレラと同じように時間切れを意味する。夢は終わったのだ。グレースは唾《つば》をのみこんだ。「わかったわ。どちらにせよ、明日に備えて片づけておかないといけない仕事があるの」

「それじゃ疲れてしまうよ」マクシムはグレースを抱き寄せた。彼の胸の鼓動が聞こえるくらいきつく。「僕が泊まっているホテルへ行こう」

ホテル？　激しい震えで膝ががくがくした。

「僕と一緒に来てくれ」マクシムがささやいた。「もう待てない。君が欲しいんだ。ベッドで」

グレースは息を吸いこみ、マクシムの目を見つめた。そして、うむを言わせないまなざしにとらえられた。いつのまにか、おとぎの世界に迷いこんでしまったようだ。現実の世界から連れ出され、ダイヤモンドとシルクのドレスで着飾ったプリンセスになって、自分の心の奥の欲求に従うようにそそのかすプリンスのとりこになってしまっている。

マクシムはとてもすてきだ。靄《もや》の立ちこめる中世からやってきた黒髪の皇帝《ツァーリ》。

「歩けるかい？」マクシムが低い声で尋ねた。「それとも、僕が運んでいくべきかな？」

歩く？　シャンパンのせいか欲望のせいか定かではないが、膝から力が抜けてしまっている。グレースは視線を下ろし、安っぽいシルバーのパンプスを見た。ロサンゼルスの工場直売で十五ドルで買ったものだ。せっかくの魔法が解けてしまうとしたら、この靴のせいだろう。

マクシムはダンスフロアからグレースを連れ出した。彼がダリヤや彼女の友人たちに別れを告げている間、グレースはほとんど口もきけなかった。

彼は私を自分のホテルに連れていこうとしている。

私は抵抗できるだろうか？

この期に及んでまだ抵抗したいのだろうか？

マクシムがグレースにコートを着せかけ、ボタンをとめた。彼の指先が触れるたびに、地震のような震えが体を貫いた。エレベーターに乗って二人きりになると、グレースはびくりとした。

「誓ってくれる？」彼女はささやいた。「私を誘惑する本当のねらいはアランを侮辱するためじゃないって」

マクシムはグレースの肩に手を置き、彼女を見つめた。「誓うよ」

「名誉にかけて？」

彼は目をそらして、顎をこわばらせた。それから再びグレースに目を向けた。「ああ」

ようやく息をつくと、グレースはうなずいた。マクシムの言葉が信じられた。彼はプリンスだ。まっすぐ相手の目を見て嘘はつかないだろう。「それで、どうして私なの？　なぜそんなに親切に――」

「もう一度僕のことを親切だと言ったら、後悔することになるよ」グレースをエレベーターから通りへと導きながら、マクシムは瞳を光らせた。「僕は欲深い男だ。欲しいものは必ず手に入れる。男ならだれでも君を求めるだろう。腕に抱き、ベッドへ連れていって、自分のものにしたくなるはずだ」

「アランは違ったわ」苦々しく言ったとたん、グレースは激しく後悔した。

「バリントンは大ばか者だ」マクシムは歩道で足をとめた。「やつはせっかくのチャンスを逃した。もうすぐ君は僕のものになる。僕だけのものに」そして、グレースのコートの下に手を差し入れ、むき出しの腕の内側をゆっくりと撫でた。グレースは欲望におののいた。「僕が本当はどれだけ欲深いか、君に教えてあげよう」

6

戦いにおいては欺瞞《ぎまん》も作戦のうちだ。

そう考えてきたからこそ、マクシムは無から一大帝国を築きあげられたのだった。他人のために勤勉に働くことや利益に目をつぶって正直な取り引きをすることは、彼の流儀ではなかった。マクシムは自分のことだけを考えていた。ほかの人々もそうしていると思っていた。愚か者だけが他人の言葉をうのみにするのだと。

だが、それはビジネスの話だ。プライベートで嘘《うそ》をつくのは初めてのことだった。

名誉にかけてと誓いながら……。

それを思うと、首筋に汗が噴き出した。女性の顔をまともに見ながら嘘をついたことなど一度もない。そんな恥ずべきことをした自分が情けなくなる。

選択肢はなかったのだと、マクシムは自分に言いわけした。彼女は僕に選択の余地を与えなかった。それに、彼女とプライベートな関係を結ぶわけではない。これはビジネスだ。

いや、そうなのか？

もしもグレースに本心を明かせば、そこですべてが終わってしまう。しかも、あともうひと押しなのだ。彼女の意志はどんどん弱くなりつつある。

グレースを誘惑してバリントンから引き離すのは、彼女のためにもなるはずだ。あの男は明らかに彼女の気持ちを利用して、ろくな給料も支払わずに奴隷のようにこき使っているのだから。

それに、グレースはそんなにうぶではなさそうだ。彼女のキスは完璧《かんぺき》だった。経験不足ならあんなキスはしない。彼女は自分を抑え、じらすように、悩ましくキスをした。男の体に火をつけるために生まれてきたかのようだ。彼女を自分のものにできなければ、男は渇望のあまり正気を失ってしまうだろう。

名誉を汚して嘘までつきかねない。

マクシムはグレースの手を握った。「運転手には今夜休みをやった。歩いて帰ろうと思って」

「わかったわ」グレースは彼から目をそらさずにささやいた。

歩道に白く降り積もった雪が凍ってすべりやすくなっている。マクシムはグレースの腕をしっかりとつかんだ。彼女がすべらないように、そして、パブから出てくる酔客たちにからまれないように。

グレースは隅から隅まで僕のものだ。

二人の息が白い靄《もや》となって夜気に溶けこむ。夜空には冷たく光る冬の月。トラファルガー広場の南端に向かって歩きながら、マクシムはグレースを見た。

グレースはとても美しかった。セントマーチン・イン・ザ・フィールズ教会にある天使像のように光り輝いている。肩に広がる明るいブロンドの髪は、青白い月光に照らされて金糸のようだ。きらめくティアラのおかげで、まるで綿菓子のプリンセスのように見える。

いや、違う。彼女は甘さの下に鋼のような強さを隠している。無力なプリンセスではない。英雄たちの霊をヴァルハラに導いたという北欧神話のヴァルキュリアのようだ。

グレースは肩をこわばらせ、長いコートのポケットに両手を入れて歩いている。淡いピンクの唇をきつく結んで。まるで自分の感情を抑えこみ、なにも考えまいとしているように。

「妹さんのバースデーパーティに連れていってくださってありがとう」彼女は静かに言った。「友達と一緒に過ごすのがどんなものか、忘れていたわ」

マクシムは意に反して、限りなく罪悪感に近い感情が新たにわきあがるのを感じた。グレースをパーティに連れていったのは親切心からではなかった。ダリヤに誕生日当日に会いたかったのだ。それに、自分の身内に会わせればグレースが警戒心を解くのはわかっていた。自分のことを信頼できると考えるようになるのも。それもまた欺瞞なのに。

偽りでないのはただ一つ――グレースが欲しいということだけだ。

「あなたは、マクシム？」

マクシムは彼女に目を向けた。「僕がなんだい？」

チェアリング・クロス駅のほうへ導かれながら、グレースは彼を見あげた。「あなたは私の友達？」

マクシムはグレースの手を唇に持っていき、キスをしてから放した。自分の唇の下で彼女が震えているのがわかった。「いや」彼は低い声で言った。「僕は君の友達じゃないよ、グレース」

二人はレストランやパブが立ち並ぶ細い通りを歩いていた。ブルーと白のスカーフを巻いたサッカーチーム、チェルシーのサポーターたちが勝利を祝って一パイント入りのジョッキを掲げている。マクシムはテムズ川沿いの道を進み、暗い公園に入った。

「君に友情は求めていない」彼は言った。「僕が君を求めるのはベッドの中でだ」

澄んだ月光に照らされた公園の静かな暗がりの中で、マクシムの言葉は親密に響いた。グレースが口をすぼめて彼を見あげた。キスをするために創《つく》られた唇。その感触を味わいたくなる唇。今すぐに。

しかし、マクシムが足をとめてキスをしようと身をかがめたとき、グレースは急に顔をそむけた。月明かりに浮かぶ白い頬が薔薇《ばら》色に染まっている。

「ロシアでそういう口説き文句を覚えたの？」グレースはそうささやくと、ぎこちなく笑って再び歩きだした。「テクニックに長《た》けているのね」

　つまり、お預けにしたいのか？　だったら我慢しよう。「僕はここで育ったんだ」

　グレースは目をまるくした。「ロンドンで？」

「ロンドンだけじゃないが」マクシムは肩をすくめた。「父は仕事が長続きしなかった。それで生活はいつも苦しかった。やがて父は亡くなった」

「お気の毒に」グレースは静かに言った。「私の父も五年前に亡くなったの」唾《つば》をのみこみ、目をそらす。「母はいまだに立ち直っていなくて……」

「それで？」

　グレースはマクシムのほうに向き直って目をしばたたいた。「ごめんなさい、あなたのこと、誤解していたわ。あなたはプリンスだから、悩んだり苦しんだりすることとは無縁だと思っていたの」

「ああ、確かにプリンスだ」マクシムは辛辣《しんらつ》な口調で言った。「王位につくことはないがね。君が気づいていないなら言うが、ロシアでは約百年前に王制が廃止されたんだ」

「それでも……」

「プリンスなんて名ばかりさ」マクシムは吐き捨てるように言った。「世の中でものを言うのは金だ。金だけだ」

「まあ、マクシム」グレースは目に涙をためてかぶりを振った。「お金がすべてじゃないわ。あなたの妹さんが言っていたでしょう。高価なプレゼントなんていらない、あなたに会いたかったんだって。あなたの時間と――」

「子供っぽい感傷さ」マクシムは皮肉をこめてさえぎった。「妹はまだ小さかったから、冬のフィラデルフィアで凍死しかけたことなんて覚えていないんだ。そのあと、僕は家族を支えようと心に決めた。二度と母と妹の命を危険にさらしはしないと」

「あなたは家族を守ったのね」グレースは急に目を潤ませ、手をぎゅっと握り締めてからコートのポケットに入れた。「私はカリフォルニアにいるべきだったんだわ。母を置いてくるべきじゃなかった」

マクシムの喉元に熱いものがこみあげた。「一緒にいるからって、愛する人を救えるわけじゃない。二十歳で初めて百万ドルを稼いだとき、僕は母の命を救えなかった」

「なんてこと」グレースは小さくあえいだ。「なにがあったの?」

「脳動脈瘤《りゅう》だった。なんの前触れもなかった。僕は……母を救えなかった」マクシムは言葉につまって足をとめた。だれかに母の死について話したことは一度もない。ダリヤにさえも。母が亡くなったとき、妹はまだ九歳だった。

マクシムは自分の主張の矛盾をグレースが突いてくるのを待った。やはり金が人生のすべてではないのだと指摘するのを。

だが、グレースは手を伸ばして彼の頬を撫《な》でた。彼女のほうから触れてくるのは初めてだった。

「あなたのせいじゃないわ」グレースはやさしく言った。「あなたはちゃんと家族を守った。お母様を救おうとした。できる限りのことをしたのよ」

震えが体を駆け抜け、マクシムはグレースの手を避けるように顔をそむけた。「君は特別な女性だ」彼は低い声でささやいた。「僕は君にはかなわない」

グレースはそっけなく笑い、目をそらした。街灯がぼんやりとどこか悲しげにともり、冬枯れの並木の向こうでは川が滔々《とうとう》と流れている。「私は特別なんかじゃないわ。いたってふつうの女よ」

「君は特別だよ」

「服のおかげよ」

「服の下の君が特別なんだ」マクシムはグレースを見おろした。「グレース、君は名前のとおりだよ。優雅《グレース》そのものだ。ミドルネームはダイアナだと言ったっけ？」

「笑わないで」

「君のお母さんはおとぎ話を信じていたんだな」

「ええ。でも、母のお気に入りのプリンセスは二人とも〝いつまでも幸せに暮らしました〟とはならなかったわ。グレースもダイアナも」

「君はどうだい？」マクシムはグレースの唇に視線を漂わせた。「おとぎ話を信じる？」

グレースは一瞬、目を閉じた。「昔は信じていたわ。心から」

「今は?」

月明かりの中で二人の目が合った。グレースはマクシムの口元に視線を落とし、自分の唇を舌でなぞった。そんな悩ましいしぐさに男が抵抗できるはずがない。マクシムはグレースを腕の中に引き寄せ、唇を近づけた。彼女とのキスは天国だった。彼はグレースの唇の味と感触のとりこだった。

「今夜」体をこわばらせて彼女の瞳をのぞきこむと、マクシムはかすれた声で言った。「君は僕のものになるんだ」

うっとりとキスに酔いしれていたグレースの顔にいきなり衝撃が走った。頭にかかった靄を振り払うように、彼女は激しく首を横に振った。そして、マクシムから体を離した。

「お願い、やめて」

マクシムは彼女に手を伸ばした。「グレース」

「私にはできない」グレースは彼の手の届かないところまであとずさった。「お願い、やめて」

やみくもにうしろに下がった彼女は踝《くるぶし》をひねり、凍りついた路面で足をすべらせた。マクシムはグレースが倒れる前に体を支え、腕に抱きあげた。彼女が大きく息を吸いこんで顔を上げる。心臓が早鐘を打っているのがわかった。グレースは軽く、重さをまるで感じさせなかった。いまいましいダイヤモンドのティアラのほうが彼女より重いんじゃないか？　グレースの目を見つめたとたん、なぜかめまいがした。まるで転落する寸前のように。

マクシムはグレースを抱いたまま、無言で自分のホテルへ向かった。サヴォイ・ヒル付近の曲がり角に来たとき、彼は暗がりで身をかがめ、うむを言わせず熱いキスをした。彼女は頭のてっぺんから足の先まで女だ。温かく、しなやかで、感じやすい。もちろん、女らしいためらいと自制心があり、それが男の血をますますたぎらせる。マクシムはグレースを壁に押しつけ、彼の名前を叫ぶまでその体を深く満たしたくてたまらなかった。

「僕を拒まないでくれ、グレース」キスをしたあと、マクシムは彼女の肌に唇を寄せたまささやいた。「二人がともに望んでいることを」

グレースの瞳にうっとりした表情が再び戻ってきた。「そのとおりだわ」彼女は聞き取れないほど小さな声で言った。「あなたには逆らえない」

グレースは目に情熱をこめてマクシムを見あげた。ただ、そこには別のなにかもあった。真心？　信頼？　マクシムは不安をかきたてるような考えを押しやると、角を曲がり、ホテルに近づいた。しかし、高級ホテルの煌々《こうこう》と明かりのついた正面玄関を見たとき、再びためらいを覚えた。プレイボーイとして知られるマクシム・ロストフともあろう者が。

グレースを求めるあまり、全身が痛いほどだ。なのに、マクシムは口の中に苦い味が広がるのを感じた。罪悪感からだろうか？　嘘をついたからか？　本当はバリントンに復《ふく》讐《しゅう》し、契約を奪い返して、フランセスカを取り戻そうとしているからか？

いや、それよりも……嘘をついてグレースをベッドに連れていこうとしているからだ。彼女は無垢《むく》なバージンじゃない。マクシムはもう一度自分に言い聞かせた。それに、彼女も僕を求めている。罪の意識を感じることなどない。

ドアマンがうやうやしく頭を下げた。マクシムの腕に抱かれた女性を見て見ぬふりをして。「おかえりなさいませ、殿下」

「ただいま」マクシムは手短に応じた。

そして、最上階のペントハウスに直通のエレベーターへ向かった。彼女に歓喜のうめき声をあげさせてやろう。今さら彼女を手放すことなどできない。

そうするつもりもない！

マクシムは片手でドアのロックを解き、足で蹴《け》って大きく開けると、花嫁を新居に運ぶ花婿のようにグレースを抱いたまま中に入った。インテリアは対照的な黒と白で統一されている。黒い革張りのソファ、暖炉の上の壁にかけられた巨大な薄型のテレビ……。

カーテンは開いたままだった。眼下に、遊覧船の明かりに照らされたテムズ川と、車や人が行き来する橋が見えた。川の向こうには高層ビル群、左手のかなたにはひときわ明るく輝くセントポール寺院がそびえている。マクシムは寝室へ行くまで我慢できず、グレースにキスをしはじめた。

　グレースはおずおずと応じ、そのためらいがかえってマクシムを刺激した。こんなキスは初めてだった。女性はたいてい、彼の情熱に応《こた》えるべく、あるいはそれをしのぐように熱っぽく激しくキスをする。だが、グレースの控えめなキスは、彼の血をたぎらせ、息苦しくなるほど欲望をかきたてた。

　キスを続けながら、マクシムは大きな白いベッドにグレースを座らせた。ブロンドの髪はくしゃくしゃにもつれ、潤んだブルーグリーンの瞳は、山の澄んだ雪解け水を思わせる。グレースの首筋に触れ、シルクのドレスに沿って胸の谷間から平らなおなかへと撫でていきながら、マクシムは体を震わせた。薔薇色の唇からマニキュアをほどこしていない指の先まで、なんと美しいことか。彼はかがみこんで、グレースの顔にかかった髪をかきあげ、頬に、首筋に、喉元に口づけした。最後に唇にキスをすると、舌をからませながら、豊かな胸を両手で包みこんだ。彼女はブラジャーをつけていなかった。張りのある胸が詰め物で形を整えたものでないと知り、マクシムはうめき声をもらすところだった。驚嘆の思いで触れながら、指の下で彼女の胸の先が硬くなるのを感じる。彼にはそれだけで十分だった。

　マクシムは頭を下げ、シルクの上から唇を当てた。

　グレースは小さな叫び声をあげ、体を弓なりにした。マクシムはもっと味わいたくて、荒々しくドレスの襟ぐりを引きおろし、素肌に唇をつけた。グレースが震えながらベッドに倒れこみ、すすり泣くような声をもらすと、彼の体は痛いほどこわばった。彼女の上にかがみこみ、あらわになった胸に手を添える。そして、激しく唇で愛撫《あいぶ》し、グレースが身をよじっても放すまいとした。一刻も早く彼女のカクテルドレスの裾《すそ》をめくりあげ、自分のズボンのファスナーを下ろして、彼女と深く結ばれたい。

その考えに、マクシムは大きくうめいた。

ドレスの裾を腰まで押しあげると、飾りけのない白いコットンのショーツが現れた。過去の恋人たちが例外なく身につけていた刺激的なレースのショーツとの違いに、マクシムは驚きを禁じえなかった。この飾りけのなさがまさにグレースなのだ。シンプルゆえに、完璧なカーブを描くヒップとなめらかな腿を際立たせている。彼女はどんな男をもわざわざ誘惑し、興奮させる必要などないのだ……。

「やめて」グレースが突然ささやいた。「お願い」

マクシムはすでにドレスをウエストまで引きあげ、ズボンのファスナーを下ろしかけているのに気づいた。時間をかけ、グレースにじっくり喜びを味わわせようと自分に誓ったのに、このざまだ。このままけだもののように彼女を満たすつもりだったのか?

そうだ。

この節操のなさはいったいどうしたことだろう? 彼女は僕の自制心を奪ってしまう。

僕をこんなふうにした女性は今まで一人もいなかった。

「すまない」マクシムはぶっきらぼうに言って体を引いた。手が震えているせいでズボンのファスナーを上げるのに苦労した。

「あやまらないで」グレースはキスで腫《は》れた唇に舌を這《は》わせた。「ただ、こういうことが初めてだから」

マクシムは顔をしかめて彼女を見た。「初めて?」

グレースは肘をついて体を起こした。「まったくの初めてよ」

マクシムはあえいだ。「君はバージンだっていうのか?」

彼女の頬が赤く染まった。「その言葉は使わないで」

「ほかにどう言えばいいんだ?」

グレースの目に涙があふれた。「その言葉は、たった一度キスした以外は、私が生きていることにさえ気づいていないようなボスにどうしようもなくのぼせあがっている愚かな娘にぴったりだわ」

「あの男は君にキスしたのか?」いきなり激しい嫉妬《しっと》がわき起こり、マクシムは自分でも驚いた。嫉妬を覚えたことはいまだかつてない。フランセスカをバリントンに奪われたときでさえ。だが、あのとき彼女に感じていたのは所有欲だった。それにひきかえ、グレースへの思いは……もっと親密なものだ。

グレースが意外そうな顔で彼を見た。「なぜそんなに怒るの?」

そうだ、なぜだろう? マクシムは言葉につまった。「それは……セクハラだからだ。やつは君のボスだぞ。違法行為じゃないか」

「セクハラ?」グレースは笑った。それからしゃくりあげ、かぶりを振った。「酔っぱらってキスをしただけで、オフィスのカウチで寝てしまったのに? そのあと、彼はフランセスカと出会ったの。すべてにおいて完璧だと思える女性に。一方の私は、完璧にはほど遠い、やぼったい女よ」

やぼったい? そんなふうに思っているから、彼女は控えめでためらいがちなのか。だからバージンなのか。そんな彼女の服をはぎ取り、荒々しく体を奪うことを考えると、マクシムの体を熱い興奮が貫いた。

「マクシム、お願い。私が、その……バージンだということに深い意味はないの。本当にないのよ」

マクシムは顎をこわばらせて首を振った。「君は間違っている」

バージンとは、汚れを知らないということだ。そんな彼女を汚いパワーゲームに利用することはできない。周到に計画したのに、彼女のことだけは想定外だった。あらゆるものと戦う心づもりはあるが、このことだけは別だ。

グレースの純粋な真心は、征服者を自認する僕をすでにとりこにしてしまっているのだから。

「マクシム、私たちの間ではなにも変わらないわ」

グレースがおずおずと手を伸ばすと、マクシムは彼女の手首をつかんだ。「いいや、グレース。変わったんだ」

マクシムはグレースを引っぱり起こし、着衣を整え、コートを着せかけた。それから二分としないうちにエレベーターに乗せ、ホテルのロビーを抜けて外の通りへ出ていた。

「どこへ連れていくの？」グレースがささやいた。

マクシムはタクシーを呼び、車が縁石沿いにとまると、彼女のほうに顔を向けた。

「君は家に帰るんだ」彼はそっけなく言った。「一人で」そして、グレースをタクシーに押しこんでから、運転手に彼女の住所を告げ、料金とともに法外なチップを渡した。

「待って！」茫然《ぼうぜん》自失の状態から覚めたグレースは抗議の声をあげた。「マクシム、お願い――」

マクシムはばたんとドアを閉めた。「行くんだ」

「でも――」

「行け！」マクシムは運転手に命じた。

運転手がアクセルを踏み、マクシムはタクシーを見送った。グレースは後部座席でバックミラーごしに彼を見つめていた。その顔には傷つき、当惑しているような表情が浮かんでいた。

やがてタクシーは角を曲がり、見えなくなった。

そして、この夜初めて、マクシムは夜気の冷たさを感じた。

ああ、僕はなんてことをしたんだ？　なぜ彼女を行かせた？　どうして彼女に情けをかけたんだ？

いつもその言葉を鼻で笑っていた。情け。弱さの別名！　彼女を行かせた僕は、弱い人間だということだ。

マクシムは髪をかきあげた。グレースが痛いほど欲しかった。彼女がまだ男を知らないという事実に体がうずき、ますます欲しくなった。彼女をベッドに連れていき、自分の知っているすべてを教え、何度も彼女を満たし、体の喜びを知って輝く彼女の顔を見つめたかった。彼女の最初の男になりたかった。

ホテルのロビーに入りながらののしるマクシムの大声を聞き、ドアマンが目をまるくした。ペントハウスに戻ると、蝶《ちょう》ネクタイをはずしてデスクにほうり投げ、ウオツカをストレートでグラスについだ。全身がグレースを手に入れろとわめいていた。今すぐ彼女を奪え……激しく、深く、と。

なぜ彼女を手放した？

情けのせいだ。ショットグラスの中で揺らめく透明な液体を見おろし、マクシムは嘲《あざけ》るようにその言葉を口にした。ウオツカの残りをいっきに飲みほしたが、体はグレースを求めてうずいていた。彼は部屋の向こうのからっぽのベッドを見やった。彼女を手に入れられたのに、行かせてしまった。

明日こそ。彼は心に誓った。明日なら自制心を取り戻しているだろう。情けをかけることなく、冷酷にふるまえるはずだ。

バージンだろうが、そうでなかろうが、彼女は僕のものになる。

翌朝、グレースは職場のデスクわきの小さな窓の向こうをみじめな気持ちで眺めていた。ロンドンの街を魔法の国に変えていた雪はすでに溶け、雨に変わっていた。昨夜の魔法の名残もそれとともに解けてしまった。

キャナリー・ワーフの高層ビルの十三階のオフィスから、通りを行き交う人々を見おろす。街は霧がかかったようにかすんで、悲しげに見えた。

いいえ、それは今日の私よ。霧がかかったようで、悲しげ。グレースは深いため息をつき、パソコンの画面に注意を戻そうとした。だが、どんなに仕事に集中しようとしても、昨夜のつらい出来事がよみがえり、じゃまをした。

マクシムに屈伏しないと心に誓ったのに。

昨夜、私は彼に屈伏しただけではない、進んで身を投げ出したのだ。そして、彼は私を拒んだ。

グレースはこめかみをもむと、茶色のカーディガンとベージュのスカートのしわを伸ばした。今朝、どちらにもアイロンをかけるつもりだったが、時間がなかった。昨夜はひと晩じゅう悶々《もんもん》として、ようやく明け方近くに浅い眠りに落ち、目覚まし時計のベルに気づかなかったのだ。昨夜のことを考えるたびにいたたまれなくなり、屈辱で頬が熱くほてる。

私は彼に抵抗しようとした。抵抗できると信じていた。

でも、彼が思いがけないやさしさを見せ、家族の話をして弱さをのぞかせたとき、彼にあらがう気力を失ってしまった。

いいや、マクシムに本気で求められていると思いこんでいたのだ。男の人のことなど知りもしないのに。彼は私を欲しがっていた。今だってそう思える。それから彼は急に気が変わった。激しいキスをし、私の服をはぎ取り、ベッドに横たえた次の瞬間には、おやすみも言わずに私をタクシーに押しこんでいた。

グレースはごくりと唾をのみこんだ。彼の気が変わった理由は明らかだ。私に男性経験がないと知って興ざめしたに違いない。二十五歳のバージンにベッドの手ほどきをしたい男性がどこにいるだろう？

まったく、ぞっとする。

夜明け前、グレースはベッドから起き出し、レイトンのドレスとコートとティアラを箱につめた。今夜マクシムのペントハウス宛《あて》に送るつもりだ。

その服を着て上流階級のパーティに出たなんて、今でも信じられない。しかもこの街で、いや、世界でいちばんすてきな男性のキスに酔いしれたのだ。

彼が私を拒んでくれて幸いだったと思うべきだろう。グレースはパソコンの画面をぼんやりと見ながら、自分に言い聞かせた。

昨夜は完全に自分を見失っていた。彼は私の心をあっさり奪ってしまったのだ。マクシムの巧みな愛撫に、どういうわけか支えを失ったようになり、彼の腕の中でぐったりしてしまった。私は本当にアランを愛していたのかしら？　もし愛していたのなら、あんなふうにマクシムに身をゆだねただろうか？

ちょうどそのとき、アランの不機嫌そうな声が聞こえた。「ゆうべはどこにいたんだ？　早く帰ったのに、君はいなかったじゃないか」

グレースはデスクのほうに身を乗り出して立つアランを見あげた。もうすぐ十時三十分――彼は今、出社したところだ。いつもどおり。いつもと違うのは、顔色が悪く、整った顔にいらだった表情が浮かんでいることだった。

「外出していたんです」グレースは手短に答えた。昨夜の出来事はかいつまんで話せることではない。

「結婚式の計画は立てたのか？」

怒りが、ふだんなじみのない感情が、突然わきあがった。アランは私に私生活がないとでも思っているの？　彼のために買い物をしたあと、大急ぎで帰って、ひと晩じゅう彼の結婚式とハネムーンの計画を立てていたと本気で考えているの？　腕組みをして返事を待っている彼を見れば、答えは明らかだ。

イエス。

グレースはデスクの下で両手を握り締め、深呼吸をした。自分は十時より前には来ないくせに、私は夜明け前から仕事に取りかかってもまだ十分ではないらしい。この三時間、今日の午後の慈善行事のスピーチ原稿を必死に書いても。そもそも、何週間も自分で書くと言い張っておきながら、今朝出社してみたら私の仕事にされていたのだ。

「これを見て！」そのとき、受付係が見事な白いカラーの大きなアレンジメントをかかえて現れ、グレースのデスクに置いた。「豪華じゃない？」

「やあ、ありがとう」アランが笑顔でカードに手を伸ばした。「いったいだれから――」

「違うんです、ミスター・バリントン」受付係がくすりと笑った。「これはミス・キャノン宛なんです」

「私に？」グレースは驚いてきき返した。

「君に？」アランも同じくらい驚いている。「いったい……だれから？」

グレースは封筒からカードを取り出すと、力強い筆跡で書かれたメッセージを黙って読んだ。

〈昨夜の君は、冬の太陽のようにまぶしかった。今、会社の前で、朝焼けのような君を待っている。M〉

幸福感がグレースの胸を満たした。

私は勘違いしていたわけじゃなかったんだわ！　マクシムは私がバージンだから気持ちが冷めたんじゃなかった。彼が私をタクシーに乗せたのは……ひと晩だけの関係以上のものを求めているからじゃないかしら？　それ以外には考えられない。

しかも、彼はもう私に会いたがっている！　グレースは小躍りしたい気分だった。

目を閉じて、カラーの香りをうっとりと吸いこむ。マクシムはこの美しく贅沢《ぜいたく》な花が私にふさわしいと思ってくれたのだ。

「それで？」受付係が抜け目なく尋ねた。「白馬に乗った王子様はだれなの？」

「そうだ。だれなんだ？」アランが詰問した。

グレースは顔を上げ、今までとはまったく違う目でボスを見てみた。ふいに、もうたくさんだと思った。彼女は背筋を伸ばすと、そっけなく笑った。「アランったら、私はあなたの秘書ですよ、奥さんじゃなくて。私がだれから花を贈られたか、なぜ気にするんです？」

「気にしちゃいないさ」アランがあわてて言い返した。「君がちゃんと仕事に時間をつぎこんでくれるかどうか確かめたいだけだ」

「つまり、しじゅう替わるあなたの恋人のためにプレゼントを買う時間ということですね？」グレースは冷ややかに言った。「あるいは、なんの見返りもなくあなたのために働く時間ということですか？」

受付係がはじけたように笑いだしたが、アランにじろりとにらまれ、あわてて仕事に戻った。

アランはグレースに視線を戻した。「なあ、グレース、君は僕にめろめろ……僕が欲しくてたまらないんだろう」

「だからってすべてを捧《ささ》げるわけじゃありません」

「フランセスカのせいなんだな？　だったら、やきもちをやくことなんかない。僕たちの婚約は本物じゃないんだから」

「あなたは私に彼女のランジェリーを買わせたんですよ！」グレースは唖然《あぜん》として言い返した。

アランは苦笑いした。「僕は本物だと思っていたんだよ。ゆうべ駆け落ちを持ちかけたとき、彼女が白状した。だから、もし君がまだ僕たちの結婚式の手配に取りかかっていないのなら、もうその必要はなくなった。彼女は偽装婚約を承諾しただけだったんだ。ほかの男を嫉妬させるためにね。僕と結婚する気なんかなかったのさ。ベッドをともにする気も」彼は奥歯を噛《か》み締めた。「ただ、僕が彼女の芝居につき合う限り、彼女の父親が事実を知ることはない。だから会社の合併はまだ可能だ」

　フランセスカはほかの男性を嫉妬させようとしている？　その男性がだれか知っていることにグレースは気づいた。知りたくなかったが。

「だから君は僕をあきらめなくていいんだ」アランはおなじみのヒュー・グラントばりの笑顔を見せた。「偽装婚約は数カ月で解消される。そのあとは今までどおりさ。ちょっとの間、我慢してくれ。お願いだ、グレース。待っていてほしい」

　笑みをたたえたアランの目を見つめながら、グレースは息を吸いこんだ。

　ああ、どうしよう？　彼は知っていたのだ。

　今まで私の気持ちにこれっぽっちも気づいていないと思いこんでいた。でも、ずっと前から私がのぼせあがっていることを彼は知っていたのだ。そして、その気持ちを利用して、私をただ働きさせていた。

「それで？　なにか言うことはないのかい？」

「残念です」グレースはそっけなく言った。

　実際、彼女は後悔していた。自分の時間とエネルギーをすべてアランに捧げてきたことを。彼が親身になってくれるふりをしている間、せっかくのチャンスをみすみす逃してきたことを。

　アランは同情をこめてほほえんだ。「待たなければならないことが？」

「いえ、物事がいやおうなく変わっていくことが」グレースはゆっくりとデスクの椅子から立ちあがった。「私、ほかの男性とデートをしているんです。私をこのまま秘書として雇いつづけたいなら、それなりの手当を考えていただかなければ」

アランはあんぐりと口を開けた。「どこへ行くっていうんだ?」

「ほかから仕事の誘いを受けたんです」

「だれから?」

「それは関係ありません。私がロサンゼルスから移ってきて以来、母は住宅ローンを返すのに苦労しています。ここであなたのために働くには一万ドル必要なんです。私のこれまでの昇給分を合わせればそれくらいの金額になるはずです」

「一万ドル?」アランはあえいだ。「正気か?」

「いたって正気です」グレースはにこやかに続けた。「ロンドンの物価を考えれば、その分昇給してくださってもいいでしょうね」

「グレース!」

「それで、ご回答は?」グレースはいったん言葉を切った。「午後の慈善行事のスピーチ原稿をこのまま仕上げますか? それとも、デスクの荷物を全部片づけましょうか?」

アランはまじまじとグレースを見つめた。「そのまま原稿を仕上げてくれ。来月から昇給する」

「ボーナスは?」

「一万ドルか? それは少し待ってくれ」

「クリスマスイブまでです」

アランは歯ぎしりした。「わかった。原稿を書きあげたら、午後は休みを取ってもかまわない」

「ありがとうございます」グレースはにっこりした。「すてきなスピーチを書きおえたらすぐ出ます」

アランは顎をこわばらせた。「いいだろう」

肩を落として自分のオフィスに戻っていく彼を見送りながら、グレースは同情を覚えかけた。

たった一度午後を休みにしてくれたからといって、この二年間、彼のために無償で捧げた時間を埋め合わせられるはずもない。でも……今、マクシムが会社の前で私を待っている。グレースはうれしくてタップを踏みながらスピーチ原稿を推敲して仕上げ、アランにEメールで送った。それから、はやる心を抑えて古いコートをはおり、意気揚々とビルを出た。

マクシムは縁石沿いにとめた超高級車、ブガッディ・ヴェイロンの中で待っていた。

「ああ、よかった」グレースが車に乗りこむと、マクシムは瞳を輝かせて言った。「じりじりしながら待っていたんだ」

「二十分よ」

彼はサングラスをかけた。「我慢が苦手でね」

グレースは声をあげて笑った。こんなに幸せな気持ちになったのは久しぶりだ。「お花をありがとう。おかげで発奮して、ボスに昇給を約束させたわ」

「君こそ僕を発奮させてくれるよ」マクシムはうめくように言うとギアに手を伸ばした。その手がたまたまグレースの腿をかすめた。「お祝いの準備はいいかい?」

「ええ」グレースは息をはずませた。

「僕もだ」マクシムは熱いまなざしで彼女を見おろすと、千馬力の車のエンジンを吹かした。ブガッティは霧雨の中を真っ黒な鴉《からす》のように走りだした。

7

マクシムのダートムーアの屋敷のテラスに立ったグレースは、うっすらと雪の積もった敷地を眺めながら深呼吸をした。雨のロンドンをあとにしてから数時間、二人は今、沈みゆく赤い夕日に照らされた広大な荒野《ムーア》にいた。海から白い濃霧が運ばれてきて、どこか不気味な雰囲気が漂っている。

グレースは涙が冷たい頬をはらはらと落ちるにまかせた。携帯電話をバッグに戻す彼女の耳には、まだ母の幸せそうな声が響いていた。

家を失わずにすみそうだと、グレースは母に話した。もうお金の心配はしなくてよくなるだろうと。今、もう一度深呼吸をすると、自分の強さに無言で感謝した。自分自身、今まで知らなかった強さに。

マクシムのおかげだ。

彼が私をプリンセスのように扱ってくれたから。あんなにハンサムでエネルギッシュで信じられないほど裕福な男性が自分を大事にしてくれるなんて、想像したこともなかった。

そこでようやくグレースは事実を認めた。

私はおとぎ話を求めている。

グレースは丹念に手入れされた旧式の庭園を見おろすテラスをあとにし、十八世紀に建てられた別荘の裏口から中に戻った。マクシムが待っていた。

屋敷の中は外の荒野と同じように、ゴシック小説を思わせるどこか謎《なぞ》めいた気配が感じられた。おそらく、家具のない部屋が五十もあるせいだろう。窓が閉まっているのに、白い薄地のカーテンが揺れたように見えてしまう。

テラスで母に電話をかけたのは、お金に困っていることをマクシムに知られたくなかったからだ。

マクシムには対等に扱ってほしかった。友人として扱ってほしかった。そして……恋人として？その言葉は口にすることはできなかったが、心に芽生えていた。ひそかに。

グレースは彼の恋人になりたかった。

自分の中に炎をかきたててほしかった。冷たい冬のさなかに赤く咲き誇る薔薇《ばら》のように。

グレースはがらんとした大広間を戻っていった。巨大なシャンデリアの上の天井に二百年前に描かれた絵画から天使たちが見おろしている。

この家は大きくて、美しくて……寂しい。

ここにはだれも住んでいないと、マクシムは言った。自分の週末の隠れ家として購入したが、仕事が忙しすぎて訪れる余裕がなかったのだと。この数年、近くのコテージに住みこんでいる年配の管理人以外に屋敷に足を踏み入れた者はいないそうだ。

今日までは。

ようやく人を迎えて家が幸せそうだと思い、グレースは笑いそうになった。家が幸せそうですって？

なぜそんなおかしなことを考えるの？

グレースはダイニングルームへ向かいながら目をぬぐった。泣くなんてばかみたい。こんなに幸せなのに。家さえ失わずにすめば、家族はなんとか生活していけるはずだ。

ダイニングルームに足を踏み入れたグレースは、驚きのあまり立ちどまった。

部屋は暗く、明かりは大理石の暖炉で燃える炎と……床の上に立てられたさまざまなサイズと形の何十本もの白いキャンドルだけだ。

「泣いていたんだね？」マクシムが尋ねた。

「家について考えていたの」グレースは驚嘆をこめてキャンドルを眺め、はなをすすった。「ただ家があるというだけでは、我が家は作れないのね」

マクシムは眉をひそめた。「君の言っていることがわからないが」

グレースは涙の跡の残る顔で笑い、かぶりを振った。「ただもう幸せで。私、家のためにお金が必要だったの。昇給してもらえることになってほっとしたわ」

「それはよかった」マクシムはうなった。「そろそろバリントンの家から出ないとな」

マクシムは誤解していたが、グレースはそれを正そうとはしなかった。アランの家を出るのは確かに名案だ。だから、実家を手放さずにすむとわかったらすぐにそうするつもりだった。

マッチを吹き消すと、マクシムはグレースに腕をまわした。「あいつの会社をやめて、僕のために働いてくれ」

「仕事と楽しみをごっちゃにするのはいい考えだとは思えないわ」グレースはささやいた。

マクシムは彼女の顎を撫《な》でた。「君へのボーナスとして家を買ってあげよう。どんな家でも」

「どれでも？」

グレースはこの十八世紀に建てられた屋敷をいたずらっぽく見まわした。「本当に？

マクシムは笑い、それからグレースにキスをした。彼の唇は熱く、情熱的だった。ざらついた顎が肌に触れ、舌と舌がからみ合う。欲望に火をつけ、興奮をかきたてるように。

グレースはマクシムに体を押しつけた。マクシムが唇を離すと、かすかなため息が彼女の口からもれた。

「僕に君の面倒を見させてくれ、グレース」

「あなたをボスだと思いたくないの」グレースはなんとか言葉をしぼり出した。「それに、あなたのお金じゃなくて、ただあなたが欲しいのよ」

マクシムの瞳がきらめいた。「面倒を見る以上、君は僕のものだということだ」

私は彼のものなの？　その考えは温かい毛布のようにグレースを包みこんだ。彼は私を気遣ってくれる。そのことはすでに、昨夜私をタクシーに乗せたときに証明された。あっさり一夜限りの相手にすることもできたのに、彼は私を大事に扱ってくれた。今は、こんなロマンチックなやり方で楽しませてくれている。

そして私は、ますます彼に惹《ひ》かれはじめている。認めたくはないけれど。

マクシムは暖炉の前に敷かれたふかふかの白いブランケットに腰を下ろし、自分の横をたたいた。「ここに座ってくれ」グレースが座ると、彼はシャンパンの入ったフルートグラスを差し出した。

「あなたのことだから、もちろんシャンパンは用意してあったんでしょうね」彼女は愉快そうに言った。「でも、家具は？」

マクシムはバスケットに手を差し入れ、チョコレートのかかった苺《いちご》を取り出した。「僕がもくろんでいることにベッドはいらない」

グレースがおとなしく口を開けると、マクシムは苺を押しこんだ。それから彼女は自分で苺をバスケットから取り出し、お返しにマクシムに食べさせた。みずみずしい果実をおうチョコレートをかじりながら、彼はグレースから目をそらさなかった。

グレースは身を震わせた。シャンパンを飲みおえたマクシムは、一言も発せずにグラスを取りあげ、やさしく彼女の髪をわきに寄せて首筋にキスをした。彼の唇が喉へと這《は》っていく間、グレースはじっと目を閉じ、欲望に震えていた。

「君は本当に美しい」マクシムがささやいた。

なぜかグレースは泣きたくなった。

「ありがとう」彼女は目を開け、まっすぐにマクシムを見つめた。「ありがとう、マクシム」

彼の瞳に驚きがよぎった。「なぜ礼を?」

グレースはマクシムの向こうの、たそがれの冬の荒野を見晴らす鉛ガラスの窓を見やった。それから、感情の高まりを抑えきれないまま、再び彼の顔を見つめた。「この数年、私の家族はつらい目にあってきたの。なににすがればいいのかも、なにを信じればいいのかもわからなかった」

マクシムは暖炉の火明かりに照らされながらグレースを見つめ返した。彼の瞳は深いグレーに染まり、がっしりした顎は激しい感情にこわばっている。揺らめくキャンドルの炎に囲まれたマクシムは、中世を舞台にしたファンタジーから抜け出た王のようだ。

「でも、今はわかってる」グレースはささやくように言った。「あなたなら信じられる」

マクシムは目をしばたたいた。強く。

それから、唇を噛《か》み締めて顔をそむけた。

「僕は聖人じゃない」彼は低い声で言った。「初めから言っているように、自分勝手で冷酷な男だ」

「あなたはすばらしい人よ」グレースは手を伸ばしてざらついた顎に触れ、マクシムの顔をこちらに向かせた。「あなたみたいな人にはこれまで会ったことがないわ。自分勝手で冷酷だと言うけれど、そうじゃない。あなたは善良な人よ。それを他人に知られたくないだけ。善良さを弱さだと思っているから。でも、私は本当のあなたを知っているわ」

マクシムに腕をまわしたグレースは、彼が震えているのに気づいた。マクシムは荒々しく息を吸いこむと、しばし目を閉じてから、彼女と目を合わせた。「君のような女性こそほかにいないよ、グレース。だから僕も、人のいちばんいいところを見ようと心に決めたんだ。たとえそれがむなしいことでも」

「あなたのおかげよ」グレースは急に落ち着かなくなって唇を舌で湿らせた。「私、人生で初めて勇気が持てたの。思いきって……」

マクシムのまなざしが熱をおびるのを見て、グレースは言葉を切った。彼の体はあまりに近くにあり、引き締まった筋肉もみなぎるパワーも手に取るようにわかる。視線がからみ合ったとき、グレースは二人の心が分かちがたく強く結ばれるのを感じた。

「グレース……」

マクシムは唇を近づけ、キスをした。苦悶《くもん》とせつなる思いとやさしさに満ちたキスだった。グレースの口からかすかなすすり泣きがもれた。

続いてマクシムの口からロシア語ののしり言葉が飛び出した。彼は急に体を離して立ちあがると、髪をかきむしりながら部屋の中を歩きまわりだした。

「どうしたの、マクシム？」グレースは座ったままささやきかけた。彼がいきなり体を離したのはこれで二度目だ。私になにか問題があるのだろうか？　彼が求めているようなキスではなかったから？

不安が胸に押し寄せた。アランが話していたことが脳裏によみがえる。フランセスカが偽装婚約に同意したのはほかの男性を嫉妬《しっと》させるためだったという。

もしマクシムがまだフランセスカを愛していたらどうなるの？

「いえ、いいの」グレースはみじめな気持ちで言った。「わかっているわ。私はあなたが求めている女じゃないのよ」

再び口を開いたマクシムの声は低くざらついていた。「僕が君を求めていないと思うのか？」

「いいのよ、本当に」グレースは涙をこらえてかぶりを振った。「私はあなたの好みとはかけ離れている……」

マクシムはひざまずき、彼女の腕をつかんだ。「君を求めていないだって？　とんでもない！　僕の頭にあるのは君の体を奪うことだけだ。ベッドの中でもいい、壁際でも床の上でもいい！　君と体を重ねたい。君を撫で、唇を這わせ、味わいたい。君が歓喜に震えるまで。君が欲しい。こうやって自分を抑えていると、どうかなってしまいそうだよ！」

マクシムの声はがらんとしたダイニングルームの高い天井にこだまし、ゆっくりと余韻を残して消えた。〝君が欲しい〟

「だったら、どうして私を突き放すの？」

マクシムは両手でグレースの顔を包みこんだ。「それは君が僕にとって太陽のような存在だからだ。君みたいな人は初めてだよ。君のそのぬくもりを奪うことはできない。君の光がなければ、世界は冷たい真っ暗闇《くらやみ》だ」

「私を傷つけたくないのね？」

マクシムは奥歯を噛み締めてうなずいた。

「心配しないで」グレースは深々と息を吸いこんだ。「アランにひどい扱いを受けて、私は愛を過大評価していたことに気づいたの」もう二度と傷つくような愚かなまねはしない。たとえマクシムがどんなに私の心を揺さぶっても。彼女は手を伸ばしてマクシムの頬を撫で、そのまま喉へと指をすべらせていった。「大丈夫、私は傷つかないわ……」

マクシムはグレースの手首をつかみ、険しい声で言った。「やめるんだ」

「お願い」彼女はささやいた。「キスして」

二人の目が合った。

マクシムはうめき声をもらして屈した。唇でグレースの唇を軽くなぞり、それから強く押しつける。彼女の体に広がる興奮は想像を絶するほどだった。マクシムはグレースのコートとだぶだぶの茶色のカーディガンを脱がせ、飾りけのない白いシャツにせわしなく手を這わせてボタンをはずしはじめた。最後の一つがはじけ飛ぶと、シャツを床にほうり出し、火明かりの中で彼女を見つめた。

「ゆっくり時間をかけるつもりだった」グレースのあらわな肌に触れ、マクシムが体を震わせるのが見て取れた。「だが、君が僕を駆りたてるんだ……」

マクシムはたくましい腕をグレースにまわし、再びキスをした。白いコットンのブラジャーが床に落ち、続いて彼のシャツが、さらにズボンとスカートが乱雑に積み重なっていった。

気がつくと、グレースの目の前にマクシムが立っていた。闇の中で、二人を取り巻くキャンドルの炎が赤々と燃えあがっている。グレースはマクシムに触れた。

一糸まとわぬ男性を見るのはこれが初めてだった。

彼の震えが手に伝わった。

「あなたは美しいわ」グレースはささやいた。

マクシムはあえぎ、グレースを抱きあげて暖炉の前の厚いブランケットの上にそっと横たえた。

　グレースはマクシムの固い筋肉と男らしい体を感じた。そして、彼が触れると、体を弓なりにして愛撫《あいぶ》に応《こた》えた。マクシムの唇はゆっくりと首筋をたどり、胸の谷間を通って、腹部に向かっていく。

　いったいなにをするつもりなの？

　透けるように薄いカーテンごしに月の光が差しこんでいる。マクシムが腿を押し開いたとき、突然降りだした氷雨が窓をたたいた。

　マクシムはグレースの脚の間に身を落ち着けると、内腿に口づけし、ゆっくりと唇を上に這わせていった。グレースは頬をほてらせ、マクシムから逃れようとしたが、彼はしっかりつかんで放さなかった。

　マクシムはさらに腿を広げ、彼女を味わった。

　胸の先は痛いほど硬くなり、グレースは大きくあえいだ。何千という興奮の波が体の中で勢いよくうねり、指先や爪先や髪から電光が放たれるかのようだった。神経は一本残らず熱くなり、彼女はマクシムの下で身をよじった。

　マクシムは巧みな舌使いでうずく体の中心をなぞり、それから円を描くように愛撫した。

　グレースはめまいがし、息が苦しくなった。体は苦悶にこわばっている。彼が欲しい……早く……。

　最初のクライマックスが雷のように体を貫いたとき、グレースは叫び声をあげた。その瞬間、マクシムは体を動かし、彼女と一つになった。

一瞬、痛みが走り、それからすぐに快感が広がった。グレースがマクシムを包みこんだまま、小刻みに身を震わせると、彼のうめき声が聞こえた。マクシムは狂おしいほどゆっくりと身を引き、それから深く沈めた。喜びが高まるにつれ、グレースはすすり泣きのような声をもらし、腰を浮かせて彼を求めた。

　マクシムは完全にグレースを満たした。深く、着実に、体の芯《しん》に達するまで。興奮は極限まで高まり、快感は痛みに感じられるほどすさまじかった。

　グレースは目を上げ、マクシムのたくましい体を見た。暖炉の火に照らされて汗の光る筋肉を。彼は目を閉じていた。体を引くその顔には苦しげな表情が浮かんでいる。再び限界まで深く腰を沈めてくる端整な顔は、張りつめていた。

　マクシム。

　私のプリンス。

　私のベッドの相手。

　私の……いとしい人？

　グレースの心の中の声が聞こえたかのように、マクシムが目を開けた。視線が合い、心が通じ合った。彼が最後に貫くと、グレースの世界は粉々に砕け散った。マクシムと深くしっかりと結ばれながら、グレースは体を震わせた。彼のたくましい体に身を裂かれそうに感じるまで。それから、激しい興奮に体を弓なりにしてのぼりつめ、息もたえだえにマクシムの名前を叫んだ。

8

マクシムがグレースをここに連れてきたのは誘惑するためだった。彼女の信用を勝ち取り、アランに対抗するための有利な情報を引き出そうともくろんでいたのだ。ところが、歓迎されざる良心が再び頭をもたげ、土壇場でグレースを突き放そうとした。

しかしそれも、彼女がキスをせがむまでのことだった。

その瞬間、マクシムはグレースを利用しようという考えを捨て、アランへの復讐《ふくしゅう》をあきらめた。彼女を自分のものにできるなら大事な契約さえどうでもよくなった。良心の呵責《かしゃく》を感じることなくグレースを手に入れ、彼女が信じこんでいる親切なマクシム像に少しでも近づくために、すべてをあきらめた。

マクシムはありったけの自制心をかき集めて、ゆっくり事を運んだ。グレースに喜びを与えようと心に決めていた。ところが、二人の目が合った瞬間、彼は深く体を沈めていた。グレースと一つに結ばれながら、美しい彼女の顔を見おろしていると、それ以上自分を抑えていられなくなりそうだった。

やがて、グレースが体を弓なりにしてうめくようにマクシムの名を呼ぶのが聞こえた。そのとき、彼は完全に自制心を失った。

最後に腰を深く動かすと、荒々しい叫び声をあげて自分を解き放った。グレースのうめき声がそれに重なった。マクシムの体は耐えがたいほど熱い歓喜の波に揺さぶられた。

マクシムはグレースの上にくずおれた。ほんの千分の一秒、意識を失っていたに違いない。それから、自分の体で彼女を押しつぶしているのに気づいた。自分に純潔を捧《ささ》げてくれたこのかよわく美しく無垢《むく》な女性を傷つけたくなどないのに。決して……。

グレースの片側に体をころがすと、そっと彼女を腕の中に引き寄せ、額にキスをした。グレースは何度か深呼吸をしてから、目を開けて彼を見た。だが、言葉は発しなかった。二人の間に起こったのは、言葉にするにはあまりにも深い意味のあることだった。キャンドルの炎と暖炉の火がグレースのなまめかしい体の曲線を浮かびあがらせている。彼女はマクシムが夢見ていたもののすべてをそなえていた。しかも、彼女は肉体的に汚れがないだけではない。魂が汚れていないのだ。

自分が彼女の最初の男だと考えると、マクシムは喜びに満たされた。その事実は彼に誇らしさと感動をもたらした。今まで彼女に触れた者は一人としていないのだ。彼女と体を重ねた者は……。

そこで急に息がとまった。

良心の呵責《かしゃく》とあまりに激しい欲望の間で葛藤《かっとう》するあまり、避妊するのをすっかり忘れていた。こんなことはまったくの初めてだ。

マクシムはブランケットに横たわるグレースから目をそらし、ぼんやりと天井画を見つめた。暗がりの中、ほのかに見える天使が笑顔で見おろしている。

もし子供ができたらどうする？

「マクシム」グレースが体を起こしておおいかぶさってきた。柔らかな胸がマクシムの胸板に押しつけられる。「私はいけないことをしたの？」

「いや」マクシムはグレースに腕をまわし、こめかみに口づけした。「そんなふうに考えないでくれ」

グレースは彼の心臓の上に頬をつけた。「フランセスカを裏切ったと思っているんでしょう？」

フランセスカ？　マクシムは彼女のことを考えまいとしていた。まる一年、恋人だったにもかかわらず、それは驚くほど簡単だった。「なぜ彼女のことなんかきくんだい？　君こそバリントンを裏切ったように感じているんじゃないか？」

グレースは首を横に振った。「彼を愛してはいなかったわ。ただのぼせあがっていただけ」

なぜかわからないが、その言葉はマクシムの心にしみた。彼はやさしく抱擁されたかのようにほっとし、けだるげにグレースの背中を撫《な》でながら、なめらかな曲線と甘美な肌の感触を味わった。

「そう言われるとうれしいよ。だったら、僕のもとで働くことになんの問題もないね」

「でも、セクハラをするようなボスを許しちゃいけないって言わなかった？」グレースはからかった。

「僕のセクハラならいやじゃないだろう」

「ありがたい申し出よ」グレースはため息をついた。「でも、アランを見捨てられないわ。彼に悪くて」

「なぜ？　やつは契約をものにした……花嫁も」

「だけど、彼女には本気で結婚するつもりなんかなかったそうよ。アランはそのことを知ったばかりなの。二人はベッドをともにしたことさえないんですって。彼女はただほかの男性を嫉妬《しっと》させたかっただけなのよ」グレースは思いきって目を上げた。「その男性はあなただと思うわ」

グレースの背中を撫でていたマクシムの手がとまった。「婚約は本物じゃないのか？」

「会社の合併は本当よ。彼女のお父さんは事実を知らないの。でも、婚約はいずれ解消されるわ」グレースは唇を舌で湿らせた。「そうしたら、あなたは彼女を取り戻せる。もしもその気なら」

一瞬、マクシムは息ができなかった。

信じられない。なんという運命のいたずらだろう。良心に従い、グレースから情報を引き出すようなまねはするまいと決意した瞬間、彼女が自らアラン・バリントンの弱点を明かすとは。このたった一つの情報で、会社の合併をつぶすことができる。

確かにずっと腑《ふ》に落ちないものを感じていた。十月にフランセスカに最後通告を突きつけられ、それをはねつけたとき、彼女は激怒していた。一緒に過ごした嵐《あらし》のようなこの一年――派手な喧嘩《けんか》と情熱的な仲直りを繰り返したあとで、彼女は結婚を要求したのだ。

〝そうでないと〟彼女は脅しを含んだ低い声で続けた。〝私を失うことになるわよ〟

もちろん、そんな脅しには屈しなかった。その代わり、彼女が腕の中で抵抗する気をなくすまでキスをした。〝そういうことなら、君を失うまでだ〟

二人の戦いで最大の勝利をおさめるために迷わず僕の敵のもとへ向かうとは、いかにもフランセスカのやりそうなことだ。しかも、体を与えもせずにバリントンを思いどおりに操ったのだから。ただ、脅しを実行しなかったのは彼女の弱さの表れだろう。

あとは、ヘインズワース伯爵に真実を話すだけだ。そうすれば、契約は僕のものになる。望むならフランセスカも……。

「彼女を愛しているの、マクシム？」グレースのささやく声が聞こえた。「そうなの？」

マクシムは腕の中の愛らしく美しい女性に注意を戻した。グレースは今までつき合ってきた女たちとは違う。ふっくらした薔薇《ばら》色の頬と健康的に輝く肌と豊満な体を持ち、髪は生まれつきのブロンドだ。

フランセスカは細い体をシックなモノトーンのブランド物の服に包み、燃えるような赤毛を自慢にしている。生まれつき? まさか。彼女はベッドに行くにも真っ赤な口紅を塗るような女だ!

グレースは貧しく、世間知らずで、他人に利用されてしまうようなお人よしだ。一方フランセスカは、自分より弱い立場の人間にいばり散らす。

グレースは、ばかがつくほど正直だ。今でさえ、不安そうにこちらをうかがう彼女の目の中には傷つきやすさが見て取れる。それにひきかえ、フランセスカはその場その場で平気で嘘《うそ》をつく。そして、恋愛をチェスになぞらえ、駆け引きを楽しむ。

「彼女はとてもきれいだわ」グレースは唇を噛《か》んだ。「男の人ならだれでも手に入れたがるでしょうね」

グレースを傷つけるのは簡単だと、マクシムは思った。そんなまねは決してしたくない。

「僕は今、君と一緒にいるんだ」マクシムは立ちあがり、すばやくまわりのキャンドルの火を吹き消してから、グレースのかたわらに身を落ち着けた。そして、彼女を腕に抱いて暖炉のほうに体を向けた。

グレースは小さなため息をつくと、緊張を解いた。呼吸のたびに胸が上下するのを感じたのもつかの間、彼女は安らかな眠りに落ちていた。安心しきって。

いつもなら、熱いひとときをともにしたあと、マクシムは女性を長くは引きとめない。だが、グレースは違う。彼女はマクシムに安らぎを感じさせた。

マクシムは暖炉の揺らめく炎を見つめた。

僕は契約を奪い返し、バリントンへの復讐を果たすだろう。夢見たすべてを実現するだろう。世界最大の石油会社を作りあげ、牛耳っていくのだ。

あるいは……グレースから聞いた情報を聞かなかったことにすることもできる。そして、彼女を自分のものにしておくことも。

合併の契約がすんだら、この冬はモスクワで過ごすつもりだった。グレースをルブリョフカの新しい屋敷に連れていって住まわせたらどうだろう？ あそこで彼女が料理を作り、僕を笑わせ、夜はベッドを温めてくれるというのも悪くない。ロシアの長く厳しい冬がどんなにしのぎやすくなることか。

世界じゅうの大都市の高級店で使えるクレジットカードを彼女のために作ろう。ロシア語のレッスンも受けさせよう。

それから、もっと別のレッスンもしなくては。僕がじきじきに。最近のバージンがのみこみの早い熱心な生徒だといいが……。

グレースの仕事は、僕と一緒にいることを楽しみ、僕の金を使うことだ。幸せになることだ。

暖炉の炎は揺らめきながらしだいに燃え尽きていく。バリントンを勝たせてやってもいいのではないか？　世界を支配するという夢をあきらめ、あの男に契約をゆずって野望をかなえさせてやっても？　その間に僕は、次なる敵対的買収を仕掛けるべく自分の会社をますます発展させる。

今回の契約をあきらめるのは、今まで積みあげてきたものをすべて失うということだ。ただ、選択肢は二つしかない。グレースか、契約か。

どちらも手に入れられると、自分をごまかすことはできない。ベッドでなんの気なしにもらした情報を利用され、裏切られたと知ったら、グレースは決して僕を許さないだろう。しかし、裏切らなければ、彼女はこの僕という人間を受け入れてくれるだろうか？

月光が高窓から差しこむ中、マクシムはグレースを抱き締めた。つややかな大理石の暖炉の中で消えかかった火がちらちらしている。

この屋敷のよさを今ほど感じたことはない。こんな瞬間はもう二度とないだろう。眠っているグレースがため息をつくと、豊かな胸が揺れた。マクシムは自分の体が熱くなるのがわかった。こんなふうに僕をかきたてるのは彼女だけだ。

グレースのまぶたが震えた。彼女は目を開け、うっとりした表情でマクシムを見あげた。

「あなたのこと、愛してしまったみたい」

そのとたん、マクシムの体は痛いほどこわばった。

グレースは目をしばたたいた。「まあ、私、声に出していた？　夢を見ているんだと思っていたのに」

「声に出していたよ」彼はそっけなく言った。

「私はただ――」

「わかっているよ」マクシムはグレースをしっかりと抱き締めた。

グレースは初めて男性とベッドをともにして、そんな気になっているだけに違いない。男が仕立てのいいスーツや上等なステーキや日曜日のスポーツ観戦が好きなのと同じようなものだ。あるいは、大きな契約を勝ち取るために敵を倒すのが好きなのと。マクシムは自分にそう言い聞かせながら、それが嘘だと知っていた。

「マクシム……」グレースが彼の肩に触れた。

「眠るといい」マクシムはぶっきらぼうに言った。

炎が灰に変わり、グレースの寝息が深くなって再び眠りに落ちたのがわかった。だが、マクシムはひと晩じゅう眠れなかった。やがて、夜明けの薄紅の光が靄《もや》に白くけぶる荒野を照らし出した。

決断しなければならない。

暖かい曙光《しょこう》が高窓から差しこみ、宙に舞う微細な塵《ちり》を浮かびあがらせる。マクシムはキスをしてグレースを起こした。まず肩に、次にこめかみに、それから体じゅうに。

グレースはため息をつきながら寝返りを打ち、まばたきした。寝ぼけまなこでマクシムに向かって腕を伸ばす。本能的に彼を迎え入れようとしているのだ。自分の柔らかな体に、温かい心に。

夜明けのすがすがしい光の中で、マクシムは今度はやさしく彼女を愛した。

ああ、いつになったら帰れるの？

グレースはパソコン画面に表示された時刻をちらりと確かめ、いらだたしげに足踏みした。クリスマスイブに働いていたくはなかった。

もちろん、だれだって職場になどいたくはない。グレースが最後に残った一人だった。ロサンゼルスでの二週間の休暇の前に仕事を片づけてしまわなければならないからだ。実家のことを考えると自然に顔がほころんだ。実家を救う一万ドルの小切手を手にするまで、もう少しの辛抱だ。

案の定、アランは先延ばしにしていた。

グレースは〈カリ・ウエスト・エネルギー〉の四半期の決算報告のために必要なデータを集めることに集中しようとした。しかし、心はどうしてもお気に入りのことへとさまよっていってしまう。

マクシム。

この二週間は、グレースの人生で最もすばらしい期間だった。マクシムはほとんど毎日彼女を連れ出した。あるときはダンスに、またあるときはディナーに。彼があれこれ買い与えようとするのもうれしかった。たとえば昨日は、いきなりサウス・ケンジントンの自動車販売店に連れていったかと思うと、彼女のために金色のマセラティを買おうとしたのだ。

〝君の髪の色にぴったりじゃないか〟マクシムはそう言ってにっこりした。〝髪につけるアクセサリーと思えばいい〟グレースが拒むと、彼はなんとか説得しようとした。〝ささやかなクリスマスプレゼントだよ。ほんの気持ちだ。靴下に入ったサンタの贈り物さ〟

最後の一言にグレースは思わず笑った。もちろん、断固として断ったが。しかしその夜、マクシムのペントハウスで持ちかけられた提案は断れなかった。そして、彼はひと晩じゅう、グレースを愛した。

だから今日はこんなに疲れているに違いない。消耗しきっていて吐き気がするほどだ。

これから二週間、彼に会えないと思うとなおさら、くに。

私は彼を愛している。

雪におおわれた荒野に立つからっぽの屋敷で、マクシムに純潔を捧げたときからずっと。

しかも愚かなことに、それを口にしてしまった。

幸運にも、いや、奇跡的にも、彼はその告白に恐れをなして逃げ出したりはしなかった。彼のほうも私のことを大事に思いはじめているからかもしれない。そう考えると、胸がときめく。ロサンゼルスへ行く前に彼にクリスマスプレゼントを買いたい。でも、なにもかも持っている男性になにを贈れるだろう？　一糸まとわぬ私をラッピングして大きな赤いリボンをかける？

グレースは自分の服を見おろした。クリーム色のシルクのブラウスにパールのネックレス、ぴったりしたグレーのカーディガン、グレーのウールのパンツ。レイトンのゴージャスなカクテルドレスには及びもつかないが、どれも新品で趣味がいい。続いて足元に視線を落とした。靴も新しかった。愛らしい淡いピンクのパンプスだ。爪先がちょっときついけれど、だれがそんなことを気にするだろう？　昇給して初めての給料を有意義に使うことができたのだ。

グレースはマクシムのために美しくなりたかった。

そのとき、どっと疲れが押し寄せた。グレースはカップの中で生ぬるくなったコーヒーをちらりと見た。気分が悪かった。昨晩、マクシムとのディナーのときにワインを飲みすぎたせいだろうか？　そんなはずはない。グラスに半分しか飲まなかったのだから。だとしたら、チキン・ティッカのせいだ。

大好きなはずのスパイシーなチキンの串《くし》焼きを思い浮かべると、胃がむかついた。グレースは立ちあがり、よろよろと化粧室へ向かった。

しばらくして化粧室を出たものの、相変わらず気分がすぐれず、冷や汗をかいていた。オフィスに自分一人しかいないのがありがたかった。

それから、一人でないのに気づいた。アランがグレースのデスクの横に立っていた。

ああ、よかった！　小切手を持ってきてくれたのだ。これで帰れる！　ボーナスをもらってマクシムのペントハウスへ行き、クリスマスに自分と一緒にカリフォルニアへ飛んでほしいと彼を説得できる。

もしも説得に失敗しても、せめて大きな赤いリボンの案は受け入れてもらえるはずだ。

グレースはくすりと笑った。完璧《かんぺき》ね。

しかし、ボスがこちらに歩み寄ってきたときも、まだ軽いめまいはおさまっていなかった。「来てくださってよかった！」

「そうなのかい、グレース？」グレースのデスクにもたれかかったアランの顔はやけに険しい。

なにかにいらだっているのは明らかだが、グレースは吐き気をこらえるのに必死で、それがなにか考える余裕などなかった。「アラン、もしもボーナスの小切手を持ってきてくださったのなら、私はもう帰れますね。売り上げの数字を出すのはもう少し待っていただくことになりますけど。気分があまりよくないんです」アランが腕を組み、ますます不穏な顔つきになるのを見て、弱々しくつけ加える。「今夜はクリスマスイブですし……」

「好きなだけ時間をかけていい」

「まあ、ありがとう――」

「君はくびだから」

グレースはあっけにとられてアランを見つめた。「えっ？」

「よく聞け。僕につまみ出される前に三分でデスクの私物を片づけるんだ」

「冗談を言っているんですか？」

「ああ、冗談さ。最も信頼していた秘書が僕の秘密をばらして人生最大の契約をだいなしにしてくれたんだからな」

「なんですって？」グレースはあえぎ、だれになにを言ったか思い出そうと必死になった。数字？　付け値？　彼女は首を横に振った。「いいえ、ひと言だってもらしてません！」

「ヘインズワース伯爵が資金協力を断ってきた」アランは怒りでおかしくなっている。

「今朝、僕とフランセスカの婚約が偽装だと知ったんだ。僕は契約を失い、今や最高経営責任者《CEO》の地位さえ失おうとしている。この何年も役員会を率いてきたのに、すべてを失うんだ。唯一の慰めは、君も同じ目にあうってことさ」

ああ、いったいなにがあったの？

「とんでもない誤解よ」グレースは言った。「私があなたを裏切るわけないでしょう。お願いです、ボーナスがないと困る――」

「ボーナス？」アランはいきなり大声で笑った。「会社への背信行為で刑務所にぶちこまれないだけましだと思え！ 僕を怒らせたら二度と仕事につけないぞ。推薦状など書いてやるものか。ボーナスはもちろんなしだ」彼は唇をゆがめた。「さあ、警察を呼ぶ前にとっとと出ていけ」

「でも、私はフランセスカとの婚約が偽装だなんてだれにも言ってないわ」思わずそう叫んだとき、冷たいものが背筋を駆けおりた。「二人を除いて……」

「昇給しろと僕を脅したとき、マクシム・ロストフのもとで働くことになっているなんて一言も言わなかったじゃないか！」

グレースは息を吸いこんだ。「そういうことじゃないんです。なぜあなたがそれを知ったのか――」

「フランセスカが友人たちから聞いたんだ」アランは嘲《あざけ》るように鼻を鳴らしてかぶりを振った。「やつは君を街じゅうに見せびらかしたようだな。安っぽい愛人を。君はずっとお金に困っていた。一つ教えてくれないか？ 僕の秘密をやつに売るのと、自分の体を売るのとでは、どっちが愉快だった？」

グレースは顔を平手打ちされたような気がした。「なにも売ってはいません。彼は私にそんなことは求めませんでしたから」

「売らなかった？ロストフは君の頭のよさに目をつけたというわけか」アランはせせら笑った。「それとも君の美しさにか?」彼はグレースを上から下まで見まわした。「新しい服で着飾ったところで、君には太刀打ちできっこないさ。これはロストフとフランセスカのゲームなんだ。最初からずっと。やつは彼女を捨てた。彼女はやつを取り戻したかった。そして今、二人はまたくっついた」

「違うわ!」

「やつがフランセスカを差し置いて自分を選んだと本気で思っているのなら、君は思った以上に愚かだな」アランはグレースに背を向けた。「あと二分で警備員をここに呼ぶ」

グレースはデスクの上のものをかき集め、枯れかけた観葉植物と家族の写真を段ボール箱に突っこんだ。ビルを出てからコートを忘れたのに気づいたが、警備員は中に戻ることを許さなかった。あとはアランに電話をかけて持ってきてもらうしかない。

しかたなくグレースはコートなしで歩きだした。

どんよりと曇った午後で、外は身を切るように寒い。シルクのブラウスと薄いカーディガン姿のグレースは、段ボール箱を胸にかかえて身震いした。

アランは誤解しているのだ。マクシムは私を裏切ったりしていない。グレースは彼の端整な顔を思い浮かべた。先週、ペントハウスで五目焼きそばを食べさせてくれたときのちゃめっけのあるしぐさを、なんとか高価なプレゼントを受け取らせようとしたときの心をくすぐるようなせりふを。

彼は私がベッドの中でうっかりもらしたことを悪用したりはしない。

でも、アランとフランセスカの婚約が偽装だと話した人はほかにいない。それなら、マクシム以外のだれの仕業だというのだろう？

答えはぞっとするほど明らかだ。

彼は最初から私を誘惑し、そのあと裏切るつもりだったに違いない。

いいえ。グレースの口からすすり泣きがもれた。最寄りの地下鉄の入口に向かいながら、彼女はめまいを覚えた。エスカレーターに乗ると、新たな吐き気がこみあげ、膝ががくがくした。乗降客たちの好奇と同情のこもった視線を感じる。自分が他人にどう見えているか、いやでもわかった。コートも着ずに、目を赤く泣きはらし、観葉植物と写真立ての入った段ボール箱をかかえた女。クリスマスイブにくびになった女。

くびになっただけでなく……裏切られた女？

テラスハウスに帰ると、衣類が二つのスーツケースにつめこまれ、外に置いてあった。鍵《かぎ》は取り替えられていた。家からも追い出されたのだ。

グレースはバッグから携帯電話を取り出し、マクシムの番号にかけた。

マクシムは出なかった。かちっという音がして留守番電話に切り替わり、そっけない声が告げた。〝ロストフです。メッセージをどうぞ〟

再びめまいに襲われながら、グレースはメッセージを残そうとした。「マクシム、今ありえないことを聞いたの……」

通話が切れた。グレースは愕然《がくぜん》として携帯電話を見つめた。これは仕事用の電話で、使用料は会社が払っている。アランが使用を差しとめたに違いない。

グレースはパニックを抑えようと深呼吸をした。それから、家族の写真をスーツケースにしまい、いちばん温かくてやぼったいセーターを着込むと、段ボール箱と観葉植物を近くのごみ箱に入れた。そして、二つのスーツケースを引きずりながら地下鉄の駅へと戻りはじめた。

これが現実だなんてありうる？

彼女の耳にはまだマクシムの声がこだましていた。〝僕はずっと心を持っていないと人に非難されてきた。実際そのとおりさ。これは君への警告だ〟

グレースはスーツケースと格闘しながら、マクシムが泊まっているホテルの最寄りの駅で降りた。彼はホテルにはいないだろう。会社で忙しくしているはずだ。だから電話にも出なかったに違いない。それならペントハウスで待って……。

彼は会社で忙しくなどしていなかった。

ちょうどそのとき、フランセスカと腕を組んで歩いている彼の姿が目に入ったのだ。

グレーのスーツとコートに身を包んだマクシムは、憎らしいほど颯爽《さっそう》としていた。彼のかたわらの赤毛の女性はアイボリーのコートをはおり、ヒールが十五センチもあるパンプスをはいている。二人が笑顔のドアマンに迎えられ、ホテルの中に消えていくのを、グレースは茫然《ぼうぜん》と見送った。

膝からくずおれそうだった。

よろけながら道路に出て、タクシーを呼びとめる。そして、スーツケースを中に押しこむと、後部座席にころがりこんだ。「ヒースロー空港まで」

もはやつらい真実を認めないわけにはいかなかった。私は彼を愛していたけれど、彼は……。

彼は私の純潔を奪っておいて、元恋人を取り返したのだ。

グレースは家に帰りたかった。母は腕の中に迎え、髪を撫でて、なにもかもうまくいくと言ってくれるだろう。母は心の痛みがどんなものか知っている。

なんとか飛行機の席が取れたとき、グレースは感謝の叫び声をあげるところだった。大西洋を横断する間、肘掛けを独占し、いびきをかいて寝ている大柄な男性にはさまれながら、グレースは固く目をつぶっていた。いったん泣きだしたらとまらなくなりそうだったからだ。

失恋の痛みよりももっと気にかかることがあった。

どうすれば家を失わずにすむだろう？　どうやって家族を支えていこう？　この不況の

中、ベッドで十億ドルもの価値のある秘密をもらして解雇された女が、どうすれば新しい職につけるだろう?

グレースは薄い毛布を胸に引っぱりあげた。マクシムからの贈り物をかたくなに受け取らなかった自分が滑稽《こっけい》に思えた。ティアラとレイトンの服は返し、マセラティや新しい家や宝石や贅沢《ぜいたく》な旅はことごとく拒んだ。自立していることが誇りだったからだ。マクシムに、彼のお金ではなく彼自身を求めているのだとわからせることが。

でも、お金こそ、マクシムの求めるすべてだった。お金と復讐が。新たに十億ドルを資産に加えることが。私は彼に純潔と真心を捧げたけれど、彼が欲しかったのはお金だけだった。

お金と……フランセスカ。

9

「彼女はここにはいない」

マクシムが視線を上げると、アラン・バリントンがタウンハウスの戸口から見おろしていた。クリスマスイブの夕暮れどき、あたりは薄闇《うすやみ》に包まれつつある。

マクシムはグレースの地下の部屋のドアを五分ほどノックしていたが、応答はなかった。今夜遅くのロサンゼルス行きの飛行機に間に合うようグレースを空港まで送る約束だった。だが、彼はその途中で、クリスマスに実家に帰る予定を変更させようとひそかにもくろんでいた。

自家用機は近くの小さな飛行場で待機している。二人を南フランスへ運ぶために。ところが、約束より十五分遅刻してしまった。たったの十五分――この日の驚くべき出来事を考えると、奇跡の十五分だ。例の契約は〈カリ・ウエスト・エネルギー〉との間でほとんど成立寸前だった。ところが、フランセスカのおかげで契約はマクシムの手の中にころがりこんだ。そのあとすぐにグレースの携帯電話にかけたが、つながらなかった。

「彼女はどこにいるんだ？」

アランがマクシムをにらんだ。「なぜ僕が君に話すと思う?」

「彼女の携帯電話は不通になっている。理由を知らないか?」

アランは腕組みをした。「あの電話は仕事用に用意したものだ。だから今日の午後、使えなくなったのさ」

「あれだけ忠義を尽くした彼女をそんなに早くくびにしたのか?」

「忠義? まったく、たいした忠義だよ。君は僕から女を一人奪っただけではすまないのか? 今度はもう一人もよこせってわけか?」アランは嘲《あざけ》るように唇をゆがめた。「僕はぽん引きじゃないんだ」

マクシムは三段抜かしで玄関前の階段を駆けあがり、アランの喉を締めあげた。「よくもグレースをいかがわしい女呼ばわりしたな!」

「放せ!」アランがかすれた声でわめいた。

マクシムは彼を放してうなった。「あやまれ」

「おいおい、今度は彼女の保護者気取りか?」アランが首をさすりながら言った。「このゲームを始めたのは君だぞ。君が彼女を誘惑して、それから裏切ったんだ。僕じゃない」

「彼女を裏切ってなどいない」マクシムはそう言いながら、背筋をいやな感覚が這《は》いおりるのを感じた。良心の呵責《かしやく》だろうか?

「今さらなぜわざわざ否定するんだ?」アランが鼻を鳴らした。「君は勝った。契約もフランセスカも手に入れた。なにもかも取り返した。永久に僕を葬ったんだ。我が社の株主たちはすでに僕の辞職を求める動議を役員会に提出している」

「それはいい」しかし、マクシムの復讐《ふくしゅう》心は満たされなかった。

「あの秘書のどこが気に入った？」アランが抜け目なくマクシムを見た。「フランセスカがいるのに」

そのとおり。フランセスカがいる。

今朝、マクシムの気まぐれな元恋人はペントハウスに姿を現し、アランの首を銀の皿にのせて差し出すようなまねをした。〝父に本当のことを話したの〟彼女は美しいグリーンの瞳をきらめかせ、そら涙を流した。〝アランなんか好きじゃないわ。好きなのはあなたよ、マクシム。ずっと〟

マクシムの怒りの反論は携帯電話の呼び出し音にさえぎられた。フランセスカの父親はすばやく動いた。もともと〈ロストフ石油〉との合併を望んでいたからだ。ただ、娘の婚約によって〈カリ・ウエスト・エネルギー〉も考慮に入れざるをえなくなったにすぎない。それからわずか半日のうちに話がまとまった。

マクシムは取り引きを受け入れた。だが、グレースを選んだ。彼女が明かした秘密を悪用してはいない。彼女を裏切ってはいない。ただ、今となっては、彼女を利用したのと同じことだ。

マクシムは拳《こぶし》を握った。「彼女がどこにいるか教えるんだ」

「ロスに飛んだんじゃないか、たぶん。チケットを買ってやったから。墜落でもすればいいんだ」アランはばたんとドアを閉めた。

マクシムは階段を下りながらおかかえの私立探偵に電話をかけた。彼女の実家の住所を突きとめるために。しかし、わかったのは住所だけではなかった。

一時間後、彼は自家用機でカリフォルニアへ向かっていた。


小さな黄色のコテージが夜明け前の薄闇の中に浮かびあがり、静かにうねる太平洋に突き出した崖《がけ》の上の明るい目印のように見える。

坂道をのぼったせいで息をはずませながら、グレースは足を忍ばせて家の中に入った。古いオーナメントとカラフルなライトで飾られた作り物のクリスマスツリーの前を爪先立ちで通り過ぎる。

「グレーシー?」いきなり母親がキッチンのドアから顔をのぞかせた。「ずいぶん早く起きたのね。まだ寝ていると思っていたわ」

グレースは半キロほど離れた二十四時間営業のドラッグストアで買ってきた小さな品物を隠した。「ええ、時差ぼけね。眠れないから散歩してきたの」

「まあ、かわいそうに」母親は同情をこめて言ってから明るく続けた。「コーヒーをいれてあげるわ。ハムをローストする間、ここでおしゃべりして」

「すぐ行くわ、ママ」グレースはなんとか胸の動悸《どうき》をしずめようとしながら、子供のときに使っていた寝室へ行った。そして、Tシャツとジーンズを脱ぎ、着心地のいいフランネルのパジャマとシュニール織りのローブに着替えると、包みをナイトテーブルに置いた。

昨夜、ロサンゼルス空港にグレースを迎えに来た母親はとても幸せそうだった。思ったより早く娘が帰ってきたことがうれしくてたまらないようだった。下の弟二人がはりきって荷物を受け取ってくれた。十七歳のジョシュはグレースを抱き締め、低い声で言った。

〝帰ってきてくれてうれしいよ〟

母は子供たちをミニバンに乗せ、オックスナードの町の北の海辺に立つ家へ走らせた。帰り着いたのは真夜中だったが、全員にマシュマロ入りのホットチョコレートを作った。それから家族はようやくベッドに入り、幸福なクリスマスの夢を見た。

グレースを除いては。

この家をもうすぐ手放すはめになるなんて、とても言えなかった。それで嘘《うそ》をついた。本当のことを知ったら、家族は打ちひしがれるだろう。グレースはこの二日間感じている吐き気をこらえてホットチョコレートを飲み、寝室に引きあげた。

そのときになって初めて、恐ろしい考えが頭をよぎった。吐き気、めまい、疲労感……。

だから、夜が明ける前にこっそり妊娠検査薬を買いに行ったのだ。

お金のむだ使いよ。グレースは必死に自分に言い聞かせた。マクシムとは何度かベッドをともにしたにすぎない。いや、違う、何度も愛し合った。でも、避妊具をつけなかったのはたった一度だけ。運命はそんなに残酷じゃないはずよ。

初めて彼と結ばれたとき、あまりの興奮に我を忘れて、避妊することなど考えもしなかった。そもそも、マクシムのようなプレイボーイは恋人を妊娠させるようなへまをしないと思いこんでいたのだ。まして、いずれ捨てるつもりでいる相手となれば。

グレースはゆっくりとキッチンへ入っていった。ダイニングテーブルにつき、母がいそいそと運んできた甘いコーヒーの香りになんとか耐えた。家族を救ってくれたと母が涙ながらに感謝するのを聞くつらさに比べたら、なにほどでもなかった。

「あなたが秘書として働いているのを見て、私も刺激されたの」キャロル・キャノンは手製のビスケットをオーブンに入れながら言った。「二十年間この家を切り盛りし、四人の子供を育てあげた今なら、なんでもできるわ！　実は、学校に戻って税理士の勉強をしようかと思っているの。昔から数学は得意だったのよ」

グレースは舌が火傷《やけど》しそうなほど熱いコーヒーをひと口飲んだ。吐き気がこみあげ、急いで抑えこむ。「やろうと思えば、ママはなんだってできるわ」

母はきらきら輝く瞳を向けると、グレースの頭のてっぺんにキスをした。「あなたは私の誇りよ、グレース。明日銀行に小切手を切りに行くとき、私もついていきたいの。こんなに頼れる立派な娘がいることがどれだけありがたいか」

自分が詐欺師のように思え、グレースはこめかみをもんだ。

貯金は一ペニーもない。職を失った今は収入の見込みもない。一週間以内に、この大好きな海辺のコテージを出て、しばらく居候させてほしいと友人に懇願しなければならない。もっとも、騒々しい三人のティーンエイジャーを含む五人家族なんて、どんなに献身的な友人でもすぐにうんざりするだろう。

朝のひとときはグレースにとって苦行に等しかった。弟たちがクリスマスプレゼントを開け、大喜びで母親に感謝の抱擁をするのを見るのは忍びなかった。プレゼントはみんな明日店に返しに行かなくてはならない。生活していくためには一ペニーだってむだにはできないのだ。十七歳のジョシュはようやく手に入れたｉＰｏｄに別れを告げなくてはならない。十四歳のイーサンは新しいギターを、十二歳のコナーは新しいドラムを泣く泣く手放さなければならない。母のキャロルも、子供たちが秋じゅう近所の芝生を刈って作ったお金で買ったカシミアのセーターを返品しなくてはならない。グレースが家族から贈られたのはシベリア横断鉄道の豪華な写真集だった。家族の輝く笑顔を見て、彼女は泣きたくなった。

「ありがとう」グレースは喉にこみあげた熱い塊をのみこんで言った。「みんな大好きよ」

「僕も選ぶのを手伝ったんだよ」末弟のコナーがうれしそうに言った。

母はブランチにローストハムとポテトのバターソテーを用意した。弟たちは料理をほめちぎったが、グレースは思った。ハムとポテトだけでも、この二週間の中華麺《めん》と冷凍のビーンズ・ブリトーのような安上がりの食事に比べれば大ごちそうなのだと。

明日にしよう。グレースはこわばった笑みを浮かべて自分に言い聞かせた。明日こそみんなに話そう。

ブランチのあと、母と弟たちはクリスマス礼拝に出かけたが、グレースは時差ぼけを理由に家に残った。

ようやく一人になった今、グレースは妊娠検査薬の結果が出るのを待っていた。

陰性でありますように。朝のワイドショーで見たイメージトレーニングの方法を思い出し、グレースは必死に念じた。陰性でありますように。

スティックを持つ手が震えた。暗いバスルームで、目を凝らす。ラインは一本？　二本？　ラインが浮かびあがってくると、見ていられなくなった。

グレースは海を見晴らす窓のある日当たりのいい玄関わきの部屋へ駆けこんだ。昔からストライプの布張りのカウチとクッションが置いてあるその部屋は、こぢんまりとして明るく、居心地がいい。

そこでスティックを見おろした。陰性よ。陰性のはず……。

ラインが二本現れた。ああ、なんてこと。陽性だわ。

私は妊娠している。

そのとき、物音が聞こえ、グレースは振り返った。

開いたドアのところにマクシムが立っていた。明るい日差しの中でその姿はシルエットになっている。大柄でたくましい体がドア口をふさぎ、コテージじゅうが彼の強烈な存在感に満たされた。

グレースは一瞬、膝からくずおれるかと思った。あんな仕打ちをされたというのに、マクシムを見たとたん、心が舞いあがった。彼の腕に抱かれたかった。アランが話したことはみんな嘘だと言ってほしかった。契約とグレースの千倍も魅惑的な女性を取り戻すために誘惑などしていないと。

ローブのポケットに検査薬のスティックを突っこむと、グレースは深呼吸をした。

「ここでなにをしているの？」

マクシムはドアから中に入り、グレースをひたと見つめた。「君のために来たんだ」

手の震えが全身に広がった。彼と向かい合うと、息をするのもやっとだ。グレースはローブの前をきつくかき合わせた。「来るべきじゃなかったわ」

マクシムは顔をこわばらせて前に進み出た。「君こそロンドンを出るべきじゃなかった」

グレースは顎を上げた。「なぜ？」彼女は冷ややかに尋ねた。「ベッドの中であなたにもらしそびれた情報がほかにもあるとでもいうの？」

マクシムは気色ばんだ。「僕は君を裏切ってなどいない」

「〈イグゼンプラリー石油〉との契約をものにしなかったの?」

彼は顎をこわばらせた。「昨日契約を結んだ」

グレースは一瞬、目を閉じた。やはりアランは嘘をついていなかった。彼の言ったことはすべて真実だったのだ。「彼女を深く愛していたのね」

マクシムは首を横に振った。「グレース、聞いてくれ……」

グレースは息を吸いこんだ。マクシムのことが、これまで憎んだだれよりも憎かった。

「だったらよけいにここへなにをしに来たの? フランセスカとお祝いするべきじゃない?」

「とんでもない!」ブルーグレーの瞳を怒りに染め、マクシムは彼女の肩をつかんだ。

「フランセスカなんかどうでもいい。僕が欲しいのは君だ!」

「愛人として?」グレースは耳ざわりな声で笑った。「欲しいものはなんでも手に入ると本気で思っているのね。あなたはずっと情報を引き出すために私を誘惑しようともくろんでいたのよ。私に泥水をかけたあの瞬間から」

マクシムの瞳からいらだちが消え、グレースの肩をつかんでいた手から力が抜けた。

「君の言うとおりだ。君は僕にとってバリントンの秘書でしかなかった。それに、あの男の愛人だと思っていた。だから、本来僕のものであるべきものを取り戻すのに君を利用しようと考えたんだ」

「そのためにあなたは私の純潔を奪った」グレースは怒りの涙をこらえた。彼に涙を見られるくらいなら死んだほうがましだ。「あなたにはわけもないことよね？　だって、心がないんでしょう？」

「君をベッドに連れていったとき、計画はあきらめたんだ」マクシムはグレースを見おろした。「君がもらした情報を利用することはできなかった。そんなことをしたら君を失うだろうから。だから僕は沈黙を守った。ヘインズワース伯爵に話したのはフランセスカだ。ただ、そのおかげでこの手にころがりこんできた契約をみすみすふいにしたくはなかった」彼はグレースを腕に抱き、顎に手を添えた。「僕の名誉にかけて誓うが、君を裏切ってはいない」

グレースは彼を信じたかった。信じたくてたまらなかった。けれど、信じられなかった。

「その名誉とやらにかけてあなたは言ったわね。私を誘惑するのはアランを陥れるためじゃないって」

「僕が唯一ついた嘘だ」マクシムはいらだたしげに言った。「君に嘘をつくのはつらかった。ただ、僕は君を選んだんだよ、グレース」

マクシムはせつなそうな表情でグレースの頬を撫《な》でた。彼に触れられて胸の鼓動が速くなり、グレースは目を閉じた。

「僕と一緒にモスクワに来てくれ」マクシムはささやいた。「僕と一緒にいてほしいんだ。僕の秘書として、恋人として、君が望む――」

グレースはぱっと目を開けた。「あなたの……秘書？」彼女はマクシムから身を引き離した。マクシムとの情事にあまりにものめりこむあまり、彼を愛するようになり、子供まで身ごもってしまった。それなのに、彼は私を今までどおりの存在としか見ていない。秘書としてですって？

そして、〈イグゼンプラリー石油〉との契約を手に入れた今、マクシムはそのことを隠そうともしない。もはや私を大事に思っているふりすらしない。

「私の元ボスから十億ドルの契約を奪うのに手を貸したから、私をモスクワに連れていって、手紙を口述させたりコーヒーをいれさせたりするためにご親切にも雇ってくださるというのね。ただしあなたは、アランが要求しなかった仕事を私に求めるつもりなんでしょう？　平日の夜と週末、私は時間外労働で稼げるわね。そう、ベッドの中で」

怒りのあまり眉間《みけん》に深いしわを刻み、マクシムはグレースの肩をつかんだ。「そういうことじゃないのはわかっているだろう――」

「あなたは私を遠いモスクワに追いやっておきたいのよ。そうすればロンドンでフランセスカと楽しむことができるから」ホテルの前で見かけた二人のようすが頭をよぎった。「彼女と結婚することも取り引きの一部なんでしょう？」

「君って人は！」マクシムはどなった。「彼女なんか欲しくない。僕が欲しいのは――」

「昨日、あなたたちが一緒にいるところを見たのよ」グレースも負けずに声を張りあげた。

彼女の肩をつかんでいたマクシムの手が力なく下がった。「なんだって？」

涙があふれ、グレースは乱暴に目をぬぐった。「くびになったあと、あなたのホテルへ行ったの。ばかよね、あなたがついていた嘘をうのみにして」

「嘘じゃない。全部とは言わないが……」

「ええ、そうよね、私はいつも勘違いしてしまうの」喉をふさぐ熱い塊のせいで声を出すのがやっとだった。「私はただの愚かな秘書にすぎなかったのに。あなたにとってはそれだけの存在だったのよ」

「ああ、君はおばかさんだよ」マクシムはいらだたしげに言った。「そうじゃないのはわかっているはず――」

「いいえ！」グレースは大声でさえぎった。「あなたは私を大事に思ってなんかいなかった。ただ、私を誘惑し、純潔を奪い……」妊娠させた、とあやうく口走るところだったが、寸前で言葉を切った。屈辱感が押し寄せ、頬が熱くなる。

おなかの赤ん坊のことは彼に話したくなかった。これから先もずっと。彼に望むのは、私と赤ちゃんの人生にかかわらないでいてくれることだけ。

「バリントンのもとには戻らないでほしい」マクシムは続けた。「さんざん彼に利用されたんだから」

彼は私を哀れんでいるの？

「まあ、ありがとう。本当に」みじめさがいっそうつのり、いよいよ気分が悪くなってきた。「願わくは、二度と私に触れないでいただきたいわ」

そのとき、胃が引っくり返るほどの吐き気が襲ってきた。グレースは手で口を押さえ、バスルームへ駆けこんだ。なんとか間に合った。

うしろからマクシムの声が聞こえた。その口調はさっきとは打って変わってやさしかった。「そんなことより、グレース、君は具合が悪そうだ」

「なんでもないわ……インフルエンザよ。出ていって！」グレースは口をぬぐってから、怒りをこめてマクシムを見返した。「あなたなんて大嫌い」

「グレース――」

「出ていってったら！　この嘘つきの裏切り者！」グレースは石鹸皿《せっけん》をつかみ、マクシムに向かって投げつけた。彼がひょいとよけるのを見ると、ますます腹が立った。

「僕は出ていかないよ」

「私の具合が悪いとしたら」グレースは憎々しげに言った。「あなたの顔が吐き気を催させるからよ。あなたがどんなふうに私に触れたか、思い出すだけで鳥肌が立つわ」彼女は氷のように冷たい目でマクシムを見すえた。「あなたはプリンスなんかじゃない……人間ですらないわ」そして、彼を押しやった。

マクシムは体をこわばらせた。「そうか」彼は唇をゆがめた。「君の本音がわかったからには、もう引きとめないよ。ここには僕の居場所はないようだ……」くるりと背を向けたところで彼は足をとめた。身をかがめ、床に落ちていたなにかを拾いあげる。

あろうことか、ローブのポケットの穴から妊娠検査薬のスティックが落ちてしまったのだ。

グレースは息をのみ、急いで立ちあがった。「あなたが考えているようなことじゃないの。なんでもないのよ……昔使ったの……友達が……それが残っていただけ」

マクシムが彼女に目を向けた。「妊娠しているのか？」

グレースは彼を見つめた。否定したかったが、言葉が喉につまって出てこなかった。

「父親は僕か？」

あまりの侮辱に、グレースはあえいだ。「きくまでもないでしょう！　あなたでなければいいと、どんなに願ったか。あなたでさえなければ、だれだっていいと」

マクシムは冷ややかに彼女を見つめた。「ようやく気づいたよ、君という人を誤解していたことに。君はかけがえのない存在だと思っていたが、違っていた。君は自分勝手で、ずるくて、嫉妬《しっと》深い」

グレースは耳ざわりな笑い声をあげた。「あなたの大事なフランセスカよりも？」

「フランセスカと別れたのは、彼女が僕に結婚を迫ったからだ。君がしたことはもっと悪い。君は僕を追い返そうとした。子供のことを秘密にするつもりだったんだろう。子供には父親が必要なのに、それを無視して、家すらないような貧乏暮らしをさせる気だったんだ。独りよがりのプライドのためにね」

ローンが払えなくてこの家を取りあげられることを、マクシムは知っている？　グレースは、自分が詐欺師だと暴かれたような気がした。

「どうしてわかったの？」

「前に話しただろう。僕は自分のものを守る。つまり、自分の子供のことも、その家族のことも。そして、本人が望もうが望むまいが、子供の母親のことも」グレースを見おろすマクシムのまなざしは冷たかった。「君は僕の妻になるんだ」

彼の……妻に？　グレースは鋭く息を吸いこんだ。

彼がロンドンで罪なほど美しいフランセスカとべたべたしている間、モスクワに一人ほうっておかれる名目上の妻、顧みられない配偶者に？

「いいえ」グレースは追いつめられたような思いで明るい部屋を見まわした。家族のためにこの家をどうしても手放したくなかった。それから、守るべきおなかの中の小さな命のことを思った。シベリアのような冷たい心を持ったマクシムと一緒にいるより、たとえ貧しくとも、この暖かい太陽あふれるカリフォルニアで、私の家族のそばで暮らすほうがいい。彼女はきっぱりと首を横に振った。「何度言わせるの？　私はあなたのお金なんて欲しくないのよ」

「だが、受け取らざるをえないだろう」マクシムは低くすごみをおびた声で言い、悪意をこめてつけ加えた。「君は僕の名字を名乗るんだ。今日から」

「いいえ！　そんなことはしないわ」

マクシムはグレースの肩を痛いほどきつくつかんだ。「わかっていないようだな。君に選択肢はないんだよ」

グレースは急に怖くなった。この危険な男性は氷のような自制心で怒りを抑えているのだ。「名目だけの妻というわけ？」彼女は力なく尋ねた。

マクシムはこわばった笑い声をもらした。「いや、君は名実ともに僕の妻になるんだ。僕のベッドで、一糸まとわぬ姿で、僕に奉仕するんだ」

それが最後のとどめだった。マクシムが私のことなどみじんも気にかけていないのはとうにわかっていた。彼が私に求めているのは思いやりも愛も伴わない、ただの肉体的な降伏なの？

「アランの百万倍もひどい男ね。あなたは私に妻になれと言っているんじゃない、あなたのベッドにつながれる奴隷になれと言っているのよ」

マクシムはグレースの顎を撫でた。「君は僕の子供を身ごもっている。僕の妻になるのは当然だ。その代わり、宝石も家も贅沢《ぜいたく》な暮らしも、みんな君のものになる」

憎むべき男——それも別の女性を愛している男に身も心も捧《ささ》げるのと引き換えに、金をやると言っているのだ。「金めっきの鳥籠《とりかご》ってわけね。私に売春婦として生きろというの？」

マクシムはグレースの手首をつかむと、自分の筋肉質の体にぐいと引き寄せた。「好きに解釈すればいい。君なら金の鳥籠の中でさえずるかわいい小鳥になるだろう」そして、グレースを罰するように強引にキスをしてから、冷笑を浮かべて体を離し、鋼のようなまなざしで彼女を見おろした。「僕の美しい小鳥、これからは僕のためだけに歌うんだ」

10

歴代の皇帝《ツアーリ》たちの砦《とりで》であったモスクワは、息もつけないほど寒い冬のさなかで、なにもかもが白く凍っていた。巨額を投じて作られた放射状に広がる現代的な都市は、グレースには夫と同じくらい尊大に見えた。そして、雪のちらつく大晦日《おおみそか》のたそがれどきの今、夫の心と同じくらい冷たく感じられた。

グレースは広くて優雅な寝室の窓から外を眺めた。心はむなしかった。この貧富の差の激しい大都市で一週間近く過ごしてきたが、外出したのはクリニックでの診察と、トヴェルスカヤ通りの高級ブティックでの買い物だけだ。それもボディガードつきで、スモークガラスのハンヴィーに乗せられて。

グレースが見たのは街のほんの一部分だった。どこまで行っても、高級住宅地ルブリョフカへ通じる道路を走る車の列ばかり。かつての偉大な社会主義者の顔が刻まれた古いビルの前を走り過ぎるとき、環状道路の上に掲げられた巨大な広告板が目に入った。高級車や宝飾品が宣伝されていた。

一流店での買い物は大の苦手だったのに、今では、贅沢《ぜいたく》な屋敷から逃げ出す唯一の口実としておおいに活用している。家では使用人に、外出先ではボディガードに囲まれ、グレースが一人になることはなかった。

にもかかわらず、彼女は常に孤独だった。

厳重に警備された宮殿に囚《とら》われているプリンセスだった。グレースはマクシムに完全に支配されているという事実を受け入れざるをえなかった。クリスマスの日、ロサンゼルスで愛情のかけらもない結婚をすることで、彼はそのことを思い知らせたのだ。

あの日、家族がクリスマス礼拝から帰ってくると、グレースはやむなく母に妊娠を打ち明けた。それから、おなかの赤ん坊の父親を愛していると嘘《うそ》をついた。弟たちが驚きながらも喜び、母が大急ぎの結婚を祝福した。そのあと、二人が指輪も用意していないと知った母は、二十七年間、自分の指にはまっていた貴重な指輪を抜いた。

〝お父さんはきっと、あなたにこれをはめてもらいたいと思うはずよ〟母はピンクゴールドの台座に半カラットのダイヤモンドが埋めこまれた指輪を娘に差し出しながら、涙を流した。〝あなたのために心から喜んだでしょうね。今ここにお父さんがいたら、どんなによかったか〟

その二時間後、マクシムの友人であるギリシアの億万長者ニコス・スタヴラキスが所有するカジノ、〈エルミタージュ・リゾート〉のチャペルで誓いを立てながら、グレースはまばたきして涙をこらえた。喜びの涙ではなかった。キャンドルの明かりと荘厳な聖画に囲まれ、彼女はマクシムに一生を捧《ささ》げることを誓約した。マクシムは同じように誓いながらグレースのほうをろくに見ようともしなかった。

味けない結婚式のあと、少しも楽しみに思えないハネムーンが待っていた。マクシムは自家用機でグレースをモスクワへ連れてきて、郊外の高級住宅地に立つ広壮な屋敷に置き去りにした。それ以来、彼がどこで過ごしているのかまるでわからない。

唯一の慰めは家族がつらい目にあわなかったことだ。家を失わずにすんだし、もうお金の心配もない。マクシムが住宅ローンの残りを全額返済したうえ、銀行口座に大金を振りこんでくれたのだ。これで家族は経済的に安定し、弟たちも大学へ行ける。みんな大喜びしていた。グレースも幸せだと思いこんでいたからだ。

彼女はまさにお金で買われたのに。

こんなことになってごめんなさい、赤ちゃん。グレースはまだ平らなおなかを悲しげに撫《な》でながら、赤ん坊にささやきかけた。女らしい広い寝室にはウエッジウッドブルーの天《てん》蓋《がい》つきのベッドが置かれ、その横に書き物机がある。隣の部屋はからっぽだ。マクシムはその部屋を育児室として準備するように命じていたが、グレースにその気はなかった。ここでの新生活を受け入れることができなかったし、ここを子供の我が家にするのは気が進まなかった。

紫がかった宵闇《よいやみ》がゆっくりと遠くの街を包みこんでいく。マクシムを乗せた車がようやく屋敷の門から入ってくるのが見えた。

この六日間、彼はどこにいたの？　夜はどこで寝ていたの？　グレースは両手を拳《こぶし》に握り、窓辺の椅子から立ちあがって寝室を出た。

階下の玄関ホールを見おろす二階の廊下を歩きだすと、マクシムが家の中に入ってきた。アシスタントとボディガードを引き連れている。彼は疲れているように見えた。新婚の妻がどうしていたかと家政婦のエレナにきくこともない。二階のほうをちらりと見ることさえない。ただエレナにコートを渡し、書斎へ行ってうしろ手にドアを閉めただけだ。

我慢の限界だった。グレースは階段を駆けおり、ノックもせずに書斎のドアを押し開けて中に入った。

デスクについていたマクシムは、腹が立つほど落ち着き払ったようすで彼女を見た。

「なにか？」

グレースはマクシムの冷たさを憎んだ。温かい血の代わりに氷のような水が血管に流れている彼が妬《ねた》ましかった。自分もなにも感じないでいたかった。毎日、胸が張り裂けそうな思いなどしたくない。

「ずっとどこにいたの？」

マクシムは彼女に目も向けずにデスクの上の書類を集めている。「僕がいなくて寂しかったのかい、花嫁さん？」皮肉たっぷりの口調だ。

「私はあなたの妻よ。あなたがだれかほかの女性とベッドをともにしているのかどうか、知る権利があるわ」

「もちろんだ」マクシムは冷笑した。「〈イグゼンプラリー石油〉との契約の細目を定めるために昼も夜も働き、毎晩オフィスの簡易ベッドで二時間やすむだけだったと言っておこう。もっとも、どうせ君は、〈リッツ・カールトン〉のスイートルームでフランセスカを喜ばせていたとでも考えるんだろう」

グレースは気が重くなった。「彼女はモスクワにいるの？」

マクシムの唇がゆがみ、皮肉な笑みが浮かんだ。「君も以前は人を信じる心を持っていたのに」

「あなたがだいなしにしたんじゃないの」

「心配することはないさ、いとしい奥さん」マクシムはわざとのんびりと言った。「僕はフランセスカに興味はない。我が家のベッドでこんな愛情深い妻が待っているのに、どうして浮気なんかできる？」

マクシムのいやみが心に突き刺さった。「いつか私と一緒にベッドに入ってみればいいわ。そうすれば、私がどんなにやさしくて愛情深いかわかるでしょうから」

マクシムはうんざりした顔で椅子から立ちあがった。「もうたくさんだ」書類の束をブリーフケースに入れ、ドアに向かう。「ほかに話し合うことがないなら、おやすみ」

グレースはあっけにとられて彼を見つめた。「出かけるの？」

マクシムは足をとめて振り返った。強い感情のみなぎる彼の顔を見て、グレースは体の芯《しん》から震えた。

それからマクシムは身をかがめ、グレースの頬にそっとキスをした。「新年おめでとう、グレース」

グレースは顔を上げた。ロンドンで愛した男性の思い出に胸がうずく。彼女はマクシムの目の中に、かつて一緒に笑い、大事に思い、愛したその男性の片鱗《へんりん》を見いだそうとした。

マクシムは再びグレースに背を向けた。「僕を待っていないで寝ていてくれ」

胸に苦悩が渦巻き、そのあと怒りに変わった。グレースはマクシムの冷たさを憎んだ。なぜ彼のことを親切だなんて思っていたのだろう？　「いつまでもここに閉じこめておくことはできないわよ！」

マクシムは意外そうな顔で振り返った。「そうかな？」

「私はあなたの奴隷じゃないもの」

「ああ」冷ややかな笑みが顔に浮かぶ。「君は僕の妻だ。僕の子供を宿している。居心地のいい贅沢な家で、気楽な一人の時間を満喫すればいい」

「頭がおかしくなりそうよ！」

「それは驚いた」

グレースはいらだって歯噛《はが》みした。「今夜は大晦日なのよ。エレナは赤の広場に行こうと……」マクシムがかぶりを振るのを見て、彼女は言葉を切った。

「赤の広場には五十万人は集まるだろう。ボディガードが君を守るのは不可能だ」

「私を守る？　なにから？」

マクシムは肩をすくめた。「僕には敵が多い。莫大《ばくだい》な資産ゆえに僕を憎む者もいれば、プリンスという称号ゆえに憎む者もいる。君が人質として誘拐されないとも限らない。あるいは……」彼は鋭いまなざしでグレースを見た。「君が人込みにまぎれて逃げ出したくなるかもしれない」

「逃げたりしないわ」グレースは涙ながらに訴えた。「お願い、私はただふつうの生活がしたいだけなの」

「プリンセスはみんなそう願うんだ」マクシムは皮肉っぽく言った。「そして、その願いはかなわない」

彼は再びドアに向かった。

「マクシム、お願い、私をここに置いていかないで」グレースはささやいた。「こんなふうに置いてきぼりにされるのはつらいわ」

マクシムはドアの前で足をとめたが、振り返りはしなかった。「楽しい晩を、僕の花嫁」

グレースはショックのあまり立ちつくした。やがて玄関のドアが閉まる音が聞こえ、アシスタントもボディガードも彼と一緒に出ていくと、あとには静寂が広がった。

グレースは曲線を描く広い階段をゆっくりとのぼり、独りぼっちの寝室へ向かった。

フランセスカがモスクワにいるということはありうるだろうか？　おおいにありうる。彼女は、マクシムがずっと心から求めていた女性なのだから。いや、マクシムだけでなく、全男性が求める女性だ。

そんなことはどうでもいいと、グレースは自分に言い聞かせた。それでも胸に絶望が広がっていった。

「なにか食べるものをお持ちしましょうか、プリンセス？」エレナのやさしい声がした。グレースは顔を上げ、ドア口に立つ年上のロシア人の家政婦に目を向けた。この有能な家政婦のことは大好きだ。エレナは二十人の使用人を取り仕切り、流暢《りゅうちょう》な英語を話す。だが、今は吐き気と怒りのせいで、食べるもののことなど考えたくもなかった。グレースは首を横に振った。

「なにか召しあがらないといけないと、プリンス・マクシムがおっしゃっていました。赤ちゃんのために」

「彼は私の雇主じゃないわ！」グレースは思わず声を荒らげてから、家政婦の顔に浮かんだ驚きの表情を見て、自分の子供じみたふるまいを恥じた。「ごめんなさい、エレナ」グレースは額をもんだ。「私、気が変になりそう。もう何日もこの家に閉じこめられているのよ」

「お気の毒に。プリンス・マクシムもきっと、あなたをここに一人にしておかれるのを心苦しくお思いでしょう。ただ、お忙しい身ですから」

悲しみと怒りがこみあげるのを感じ、グレースは目を閉じた。そうでしょうとも。彼がどんなに忙しいか、想像がつく。

この一週間、私は待ちつづけた。なにを？　彼がロンドンにいたときのような男性に戻るのを？　思いやりのある理想的な夫としてふるまってくれるのを？　でも、これ以上待つつもりはない。彼に都合がいいようにずっとここに軟禁されている気はない。

グレースは大きなクローゼットの前に行き、トヴェルスカヤ通りにあるレイトンのブティックで買った着心地のいい黒いカシミアのセーターとスリムなダークグレーのジーンズをつかんだ。「今夜、あなたと一緒に赤の広場へ行くわ」

エレナがあわてたように言った。「それでかまわないか、ウラジミールとイゴールにおききになったんですか？」

あんな大柄の警戒心過剰のボディガードについてこられたらたまらない。「いいえ、あなたと一緒に地下鉄で行くわ」

「プリンセスが電車に乗るなんて。私はきっと、くびです」

「お願い、エレナ。私はふつうの生活がしたいの。新鮮な空気を吸って、私が行くところならどこへでもついてくるボディガードなしで、みんなの中に交じって楽しみたいのよ」

「あなたはこの街のことをご存じありません。ロシア語だっておできになりません」

「一つだけ知ってるわ。ニエ。ノーでしょう。マクシムへの私の答えよ」グレースは髪をポニーテールに結った。「このプリンセスはごくふつうの生活を送るの。彼の妻になったかもしれないけど、彼の奴隷になったわけじゃないわ」

　いちばん温かいコートをはおって帽子をかぶると、グレースは窓を開け、外壁を見おろした。

「いいでしょう《ハラショー》」エレナがあきらめたように言った。「私と一緒にいらしてください。ただ、私のそばを離れず、勝手に遠くへ行ったりしたらだめですよ」

　グレースは感謝の涙を流しそうになった。「マクシムには言わないって約束するわ」

「言わなくてもわかってしまうでしょうけど」エレナはかぶりを振り、ぶつぶつ言った。

「新婚の花嫁が大晦日の晩に一人で家にいる？　まったく！」

　グレースは黒いブーツで床を踏み鳴らした。この屋敷から脱出したくて、体じゅうの筋肉がうずうずしている。孤独な囚われの生活から逃げ出したくて。フランセスカを愛するもう一人の男性と一緒になったという事実から逃れたくて。

　愛する男性を同じ女性に奪われるのが私の運命なの？

その皮肉な考えは、一時間後に赤の広場に着くまでグレースの頭に渦巻いていた。二人は復活の門から赤の広場へと続々と向かう人々についていった。

「離れないでくださいね」エレナが言った。

聖ワシリイ大聖堂の色鮮やかな玉葱《たまねぎ》形のドームを見たとたん、グレースは息をのんだ。押し合う人々の中にじっと立ちつくしたまま、ゆっくりと周囲を見まわす。クレムリンとレーニン廟《びょう》と、広場を取り囲む赤い建物。少女のころにソヴィエト連邦が崩壊したときから、どんなところか夢想してきたのだ。

赤の広場は無数のライトがともされ、歓声をあげる人々でいっぱいだった。想像していたよりもずっと美しい。一瞬、胸の痛みを忘れるほどだ。

そのとき、隣にいた男性が恋人を腕に抱き、キスをした。親密なひとときを分かち合う二人を間近に見て、グレースの孤独感はいっそう深まった。

エレナのほうに向き直ると、そこに彼女はいなかった。なぜかはぐれてしまったのだ。あわてまいとして、手袋に包まれた手を握り締め、コートに深く突っこんで、白い息を吐きながらあたりに目を凝らす。独りぼっちのせいで、夜気がますます冷たく感じられた。この地球の北の果てのような場所では冬に終わりはあるのだろうか?

突然、だれかの手が肩に置かれた。

振り返ると、なんとマクシムが立っていた。

ひどい扱いを受けているにもかかわらず、彼を見たとたん、グレースの心はときめいた。黒いコート姿の彼は夜の闇に溶けこむかのようだ。

「ばかめ」マクシムは奥歯を噛み締めて言った。「ここには来るなとあれほど言ったじゃないか」

グレースは深く息を吸った。「私は囚人じゃないのよ」

マクシムの顔に残忍な表情が浮かんだ。「今度ボディガードを連れずにおなかの赤ん坊を危険にさらすようなまねをしたら、囚人同然にしてやる」

その脅しに、グレースはかっとなった。ふつうの生活を送ることが赤ん坊の命をおびやかすことになるなんて、よくも言えたものだわ。「あなたに管理されるのはもううんざりなの」怒りにまかせて顎を突き出す。「それで、フランセスカはどこ？　彼女とはもう切れたなんて言わせないわよ」

「君は嫉妬《しっと》深いな」マクシムが不愉快そうに言った。

「嫉妬なんてしていないわ」グレースは声を荒らげた。「あなたが毎晩彼女とベッドをともにしようが、どうでもいい。あなたなんか愛していないから」

マクシムはぐいと彼女を腕の中に引き寄せた。「嘘をつけ」

彼の熱をおびたまなざしに気づいて、グレースは目を見開いた。「嘘じゃない――」

マクシムは唇を近づけたかと思うと、荒々しくキスをした。

冬の夜空に広がる色とりどりの花火の下で、マクシムは強引に唇を奪うことでグレースを罰した。グレースは彼の胸を押し、抵抗を試みたが、しまいには自分自身の欲望に負けた。そして、彼の荒々しさに負けないほどの情熱をこめてキスを返した。

ライトアップされた聖ワシリイ大聖堂のドームに見守られ、新年の訪れを祝う人々の歓声に包まれながら、二人は憎しみという熱い感情に駆りたてられるまま、キスを交わした。

グレースと結婚して以来、マクシムは彼女を罰するつもりでいた。そして実際、罰してきた。知人が一人もいないモスクワに連れてきて、かつて彼女を愛人にして一緒に住もうと夢見ていた屋敷に一人置き去りにした。以前彼女に示したやさしさはとうに消え失《う》せ、代わりに冷たい怒りが心を満たしていた。

クリスマスの日、マクシムはカリフォルニアにいたグレースのもとに駆けつけ、真実を打ち明け、彼女についたたった一つの嘘を許してくれと懇願さえした。彼女のために最大の野望を喜んで捨てたことを思えば、ささやかな頼みだ。

グレースのことは過去のどんな女性よりも大事にした。自分の利益よりも彼女の利益を優先した。

彼女から返ってきたのは軽蔑《けいべつ》……それに嘘だけだった。あげくの果てに、子供を奪おうとした。

グレースはほかの女性とは違うと思っていた。彼女は特別だと。だが今、現実を思い知らされた。彼女は確かにバージンだったかもしれないが、それ以外はフランセスカとなんら変わりはない。わがままで、残酷で、なんでも自分の思いどおりにしたがる。

命令にそむいてグレースを赤の広場に連れてきたとエレナに言われたとき、マクシムは激怒した。それから恐怖に駆られた。彼女のおなかの赤ん坊のことを思って。そう、あくまで赤ん坊を案じただけだ。

赤の広場に群がる興奮した人々の中で一人よるべなさそうにしているグレースを見たとき、怒りが沸点に達した。いや、怒りだけではない。そこには欲望も混じっていた。彼女を求めたくならないように、蔑《さげす》むことで遠ざけてきたというのに。

グレースにキスをするつもりなどなかった。モスクワに連れてきたとき、触れることさえ自分に禁じたのだ。

しかし、グレースを罰したいという気持ちが、彼女の体を奪いたいという欲求と混じり合った。マクシムはグレースの手を取って群衆の中から連れ出し、待機している車へ導いた。運転手とボディガードが乗る前部座席との仕切りを閉めると、彼女を後部座席に押し倒し、むさぼるようにキスをした。グレースの帽子はとうの昔にどこかへ消えていた。コートと手袋をはぎ取り、怒りにまかせてキスを続けながらのしかかると、グレースも同じくらい激しくキスを返し、血が出るほど強く彼の唇に歯を立てた。

「あなたを憎むわ」グレースがささやいた。

言葉を返す代わりに、マクシムは黒いセーターを脱がせ、ブラジャーをはずして車の床にほうり投げた。それからグレースの胸に唇を押しつけ、軽く歯でなぶり、口に含んだ。痛みと快感で彼女があえぎ、体を弓なりにするまで。

「憎みたいなら憎めばいい。どうせ君は僕のもので、君を喜ばせるのは僕なんだ」マクシムはグレースの胸の頂を舌でなぞった。「そして、君は僕を喜ばせてくれる」

「そんな気はない……ああ」マクシムがタイトなジーンズの上から脚の間に手をすべらせると、グレースは息をのんだ。マクシムはそのまま、脚の間をさすりつづけた。やがてグレースは、彼の肩をつかんで無言で解放を求めた。

グレースのジーンズをはぎ取りたかった。その体を激しく深く貫きたかった。彼女が慈悲を請うまで。そして、許しを請うまで。

屋敷に着くころには、グレースの唇はキスで赤く腫《は》れあがり、ブロンドの髪はくしゃくしゃにもつれ、目には困惑の色が浮かんでいた。マクシムは運転手とボディガードに手短にロシア語でなにか命じると、グレースを荒っぽく抱きあげて屋敷へ運んでいった。

屋敷の中は静かだった。ボディガードたちは門の横の守衛所で新年を祝っていて、残りの使用人たちは今夜は休みをもらっていた。

マクシムはグレースを主寝室へ連れていくつもりだったが、途中で彼女が首に腕をまわしてくると、それ以上耐えられなくなった。それで、アールデコ調の手すりのついた優雅な階段にグレースを下ろし、ジーンズを脱がせて、自分のズボンのファスナーに手をかけた。彼女が欲しくて体は興奮しきっている。

マクシムは彼女をじらしはしなかった。いいのかときぎもしなかった。やさしさなどみじんも見せず、ズボンを下ろすなり、グレースに体を重ねた。これ以上ないほど深く。

グレースはあえぎ、それからマクシムの下で体を動かしはじめた。腰を動かすたびに、豊かに熟れた胸が揺れ、彼をさらに奥深くへと引きずりこんだ。

二人ともこうなることを望んでいたわけではないのを、マクシムは知っていた。だが、ふいに、単なる快感以上のものを得たくなった。彼女自身を手に入れたくなった。彼女のすべてを解き放ちたかった。完全に彼女を征服したかった。

マクシムは仰向けになると、自分の上にグレースをのせた。腰を落とさせ、貫くと、彼女はあえいだ。

「動いて」

マクシムの命令に従い、グレースはゆっくりと円を描くように熱く濡《ぬ》れた体を動かした。しだいにその動きを小さく強くしていく。マクシムは心地よい刺激に包まれるのを感じた。そこでグレースが高まる欲望を抑えこむように動きをとめた。

マクシムはグレースの胸を愛撫《あいぶ》し、それから彼女の片手を取って指先をやさしく吸った。

彼に向けられた汚れのないブルーの瞳には驚きの色が浮かんでいた。瞳孔《どうこう》が広がり、胸の先がつんと硬くなり、体は熱くほてっている。これ以上マクシムの意志に逆らえないかのように、グレースは再び動きだした。たわわな胸がはずみ、腰が激しく速く上下して、彼の自制心を追いつめていく。マクシムは彼女の美しい顔を、女らしい柔らかな体を見あげた。やがてその体が震えだし、喉から低い叫び声がもれた。

グレースがリズミカルに腰を揺らすにつれ、彼女の体がこわばり、痙攣《けいれん》するのがわかった。マクシムはもう自分を抑えられなかった。ロシア語で低くののしると、玄関ホールの高い天井にこだまするほど大きな叫び声をあげて絶頂に達した。それに重なるようにグレースの歓喜の声が響いた。

消耗しきったグレースの体がぐったりとマクシムの上に倒れかかった。とっさにその柔らかな体を胸に受けとめ、荒い息遣いに耳を傾けた。

しかし、我に返ったとき、彼が感じたのは激しい怒りだった。彼女への、そして自分自身への。

グレースに関する限り、どんなことだろうと僕は自制心を失ってしまう。

彼女には二度と触れないと自分に誓ったのに。たった今起こったことは、僕のプライドより欲望のほうが強いという証拠だ。グレースがいまだに僕にとってあらがいがたい魅力を持っているという証拠だ。

拠でもある。そして、彼女が僕をどう思っていようと、僕は今でも彼女を大事に思っているという証

マクシムは自分に腹を立てながら立ちあがると、ひと言も発しないままズボンを上げ、階段にグレースを一人残して立ち去った。

屋敷が突然息苦しく感じられた。だが、外に出れば、ボディガードがついてくる。マクシムは深いため息をつくと、階段を上がって屋上庭園に出た。ここなら安らぎが見いだせる。一人きりになれる。

屋上のテラスは雪と枯れ枝におおわれていた。彼は何度か深呼吸をし、伸びをして、頭をすっきりさせようとした。そして、自分の吐き出した白い息を見つめ、木々の梢《こずえ》と街の明かりのはるか向こう、冷たく澄んだ夜空に上がる花火を眺めた。

グレースが屋上のドアを抜けてくる音がした。彼女が自分を追ってここまで来るとは思いもしなかった。マクシムは目を細めてグレースを見た。精いっぱい身づくろいをしている。彼女は少しためらってからマクシムの背後に来て、彼に腕をまわした。

一瞬、グレースの腕に身をゆだねたくなった。マクシムの心は痛いほど彼女を求めていた。

しばらくして、グレースが口を開いた。「本当のことを教えて、マクシム。私を裏切ったことを、私に嘘をついたことを認めてほしいの。そうすれば、あなたを許すわ」

マクシムは顎をこわばらせてグレースと向き合った。「僕を許すだって？」

彼女は唾《つば》をのみ、顎を上げた。「努力するわ」

怒りがマクシムの体を駆けめぐった。川が氾濫《はんらん》して土手からあふれ出すような勢いで、彼はやさしさを残らずかなぐり捨てた。「僕は君の許しなど求めていない」

「マクシム」グレースの顔には涙の跡がつき、その声は消え入りそうに弱々しかった。「彼女を愛しているのかどうか教えてくれればそれでいいの」

彼女？　だれのことだ？

すぐにわかった。グレースが言っているのは、もちろんフランセスカのことだ。やましいことはいっさいしていないのに、グレースはしつこくこだわり、言いがかりをつける。彼女が僕のことを、信頼するに足りない恥ずべき男だと考えているというこれ以上の証拠があるだろうか？　カリフォルニアではなんとか彼女の気を変えさせようとしたが、もうたくさんだ。

マクシムは冷ややかにグレースを見た。「明日から二日間、花嫁である君にモスクワを案内してまわろう。そのあと、君には結婚祝いの舞踏会の準備に取りかかってもらわなければならない。今夜は君とおなかの赤ん坊には休息が必要だ。もうやすむといい。安らかな独りぼっちのベッドで」

「マクシム……」

マクシムはくるりと背を向け、雪におおわれた屋上庭園に震える彼女一人を残して、星が冷たい光を放つ凍えそうな夜の闇の中に出ていった。

11

「レディ・フランセスカ・ダンヴァーズがお見えですが、プリンセス」

椅子に座っていたグレースはさっと振り向いた。「いったいなんの用で?」

「どうせよからぬことですよ」エレナが苦々しく言った。

グレースは再び鏡のほうに向き直った。そこに映る姿はとても自分とは思えない。体をやさしく包むきらめくシャンパン色のロングドレス、高く結いあげたブロンドの髪。まさにプリンセスのようだ。

この二時間、エレナの手を借りて、モスクワ社交界へのお披露目となる舞踏会のための身支度を整えたのだ。それでも、自分の夫がいまだに愛している女性と対面する自信はない。グレースはそわそわと唇を舌で湿らせた。「彼女のこと、知ってる?」

ロシア人の家政婦が肩をすくめたとき、メイドの一人がエナメル細工のほどこされた小さなシルバーの箱を持ってきた。「ずいぶん前に一度だけここにいらしたことがあります。でも、お相手が結婚したら、昔の恋人は姿を消すものですわ」エレナは鼻を鳴らした。

「彼女のことは私におまかせください。舞踏会は十分後に始まります。その前にお客様といちいち話している時間なんて――」

「彼女は招待客なの？」グレースは唖然《あぜん》とした。「いったいだれが……」

だれがフランセスカを招待したか、きくまでもなかった。泣きださないように、グレースは目を閉じた。念入りにほどこしたメイクがだいなしになってしまう。マクシムの花嫁として公に紹介される今夜は、きれいでいなくては。

こんな仕打ちをするなんて、マクシムはよほど私が憎いに違いない。彼の愛人と公の場で対面させるなんて、よくもそんな残酷なまねができるものだ。

グレースは深く傷つき、胸が張り裂けそうだった。大晦日《おおみそか》の夜にマクシムと体を重ねたあと、本当のことを話してほしいと彼に懇願した。そうすれば、どんなに耐えがたくても彼を許すと約束した。あのとき、彼が自分のしたことを認めて、二度とフランセスカには会わないと誓ってくれていたら！

だが、マクシムは拒んだ。そして、それから二日間、今まで以上にグレースを避けていた。

それでも、グレースはまだフランセスカがモスクワにいることが信じられなかった。マクシムが高級ホテルにフランセスカを泊まらせていると言ったときも、わざと自分を傷つけようとして嘘《うそ》をついているだけだと思った。けれど、フランセスカは本当にモスクワにいたのだ。彼は事実を話していたのだろうか？　毎晩、愛人と過ごしていたのだろうか？

なぜそんなことを？　グレースはみじめだった。彼は私が妊娠したから結婚したにすぎない。やむをえない結婚は、彼のフランセスカへの愛を断ち切るほどのものではなかったのだ……。

「まあ、申し分ないですわ。あと必要なのは一つだけ。プリンス・マクシムがこれをあなたにと」エレナがアンティークの金とエメラルドのティアラを箱から取り出し、グレースの高く結いあげた髪にうやうやしく飾った。

「きれい」グレースはつぶやいた。

「プリンスの大伯母様、オルガ大公夫人のものだったんですよ」エレナはティアラがどれだけ似合っているか見るために少し体を引き、満足げにうなずいた。「さてと、私はあの恥知らずな女性を追い返しに行かなくては。すぐに戻ってきますからね」

「だめ」グレースは思わず口走っていた。「彼女をここに通して」

ロシア人の家政婦はけげんそうにグレースを見た。「気は確かですか、プリンセス？」

いいえ。「ええ」

たちまちレディ・フランセスカがグレースの寝室の隣にある応接室に案内されてきた。

色白で赤毛のフランセスカは、グレースの記憶にあるとおり美しかった。ほっそりとした体をピンクのツイードのシャネルスーツに包み、派手な赤いヒールのオープントウの白いパンプスをはいている。完璧にマニキュアをほどこした手には、ゴールドのチェーンのついた白いキルトバッグを持っていた。

フランセスカはエレガントで女らしい部屋をちらりと見まわした。「うまくやったわね」その声には嘲《あざけ》りがこもっていた。

「どうぞお座りになって」グレースは不安を抑え、椅子を示した。「お茶を運ばせましょうか?」

「いいえ、けっこうよ」フランセスカはアイラインを引いた冷たいグリーンの瞳に侮蔑《ぶべつ》をこめ、まっすぐにグレースを見すえた。「友好的な訪問じゃないんですもの。あなたに離婚していただくためにはいくらお支払いすればいいか、ききに来たのよ」

グレースは驚愕《きょうがく》のあまり絶句した。

「まあ、よしてよ、しらじらしい」フランセスカはいらだたしげに言った。「まんまと妊娠したくせに。子供が金づるになると考えたんでしょう。その気持ちはわかるわ。私だって、お金や美貌《びぼう》がなければ同じことをしていたでしょうから。さあ、いくら欲しいのか言ってちょうだい」

グレースは口をきこうとしたが、できなかった。

フランセスカは小切手帳と、見るからに高級そうなペンをバッグから取り出した。「いくら？」

「私は子供を金づるにしようなんて考えてないわ」

「子供思いのいい母親になるっていうの？」フランセスカの赤い唇に冷笑が浮かんだ。「わざと避妊しないで妊娠しておいて？　マクシムが私のものだってことはお互いにわかっているはずよ。だから、あなたを追い払うにはいくら必要かきいているのよ」

この女性のせいでこうむった苦しみをありったけ思い出し、グレースは両手を拳《こぶし》を握った。「私は戦いもせずに一人の男性をあなたにゆずった。二度と同じことをするつもりはないわ」

「それじゃ、あなた、アランに夢中だったのね」フランセスカは指先に目を落とした。「そうじゃないかと思っていたわ。ねえ、あなたみたいな女が私と張り合えるわけがないってわからないの？」

フランセスカのひと言ひと言がグレースの心臓を突き刺すようだった。「アランのことは愛していなかったわ」彼女は震える声で言った。「彼ならあなたにゆずってもいい。でも、マクシムをあなたに奪われるくらいなら死んだほうがましよ！」

「かわいそうなおばかさん。マクシムのことは私のほうがよく知っているわ」フランセスカはつんと顎を上げた。「彼はあなたを愛してなんかいない。それがわかっているなら、彼を手放すはずよ。そうしないあなたは、彼との結婚をもくろんでわざと妊娠したずる賢い金目当ての女ってことだわ」

グレースは内臓がよじれるような気がした。「わざと妊娠しようなんてしなかったし、彼に結婚をほのめかしたこともなかったわ」彼女は力なく抗議した。「彼が結婚すべきだと言ったのよ」

フランセスカはうなずいた。「それじゃ、あなたはそもそも彼と結婚したくなかったのね。よかった。だったら、私の小切手を受け取って彼のもとから去って。だれかほかに結婚してくれる人をさがすといいわ。もっとあなたに見合う人をね」

「彼は私の夫で、私の子供の父親よ。彼と結婚した以上、渡さないわ」グレースは目を細め、こみあげる感情に肩を震わせながらフランセスカを見つめた。「あなたにも、だれにも」

フランセスカはため息をついて小切手帳を閉じた。「なるほど。だったら好きにするといいわ。あなたは悪い女じゃない。私にはわかるの。だから言うのよ。彼を愛しているなら、自由にしてあげなさい」

グレースは恋敵を見あげた。「あなたは彼を愛しているの？」

フランセスカの瞳には一点の曇りもなかった。「ええ。それに、私なら彼を助けてあげられる。プライベートでもビジネスでも。アランと婚約すれば、マクシムがあせって結婚の日取りを決めてくるかと思ったのよ。ところが、彼は私よりはるかにゲームの達人だった。あなたと本当に結婚してしまうんですもの。そう、私が父に話したの。アランとの婚約は偽装にすぎないって。そうすれば、マクシムは父の会社と契約を結べるから、私は彼を世界一裕福な男にしてあげられる。あなたが彼にしてあげられるのは……せいぜい重荷になることだけよ」

「プリンセスがお出ましになる時間です」エレナが突然ドア口に立ち、顔をしかめて告げた。

フランセスカは優雅に立ちあがったが、ドアの前で足をとめると、歯を見せて笑った。

「彼を愛しているなら、ミス・キャノン、彼を自由にするのよ」

とどめを刺したフランセスカはすばやく立ち去り、あとには胸の痛みと後悔の念にさいなまれるグレースが取り残された。

マクシムが言ったことは正しかった。伯爵に婚約が偽装であることを暴露したのはフランセスカだったのだ。私を裏切ってはいないという彼の言葉は真実だった。確かに彼は私を誘惑したけれど、私が話したことを悪用したりはしなかった。自分の名誉を犠牲にして、私の名誉を守ってくれた。なによりも欲しいものをあきらめたのだ。私のために。

なのに、私は彼を信じなかった。それどころか、彼を侮辱した。私を追ってカリフォルニアへ来た彼に投げつけた残酷な言葉を思い出すと、身が縮む。

私が信じなかったことを彼は許してくれるだろうか？　許してもらわなければ。

でも、もしも彼がフランセスカを愛しているとしたら、許しを請うことにどんな意味があるだろう？　グレースは目を閉じ、胸を貫く鋭い痛みに耐えた。私があんなひどいことをしたのに、彼はなぜフランセスカではなく私を選んだのだろう？

「準備はいいかい、グレース？」

振り返ると、マクシムがドア口に立っていた。グレースは息を吸いこんだ。タキシードに身を包んだ彼は信じがたいほどすてきだった。

「お支度はできております」エレナが満足げに言い、ティアラの位置を直してピンでとめた。「ロストフ家代々のプリンセスの中でいちばんお美しいですわ」

マクシムはじっくりとグレースを見まわし、うなずいた。「ああ、美しい」

グレースの胸はどきどきした。「あなたもよ。とてもすてきだわ」

腕を差し出すマクシムの表情は、グレースには読み取れなかった。「さあ」

マクシムはグレースを部屋から連れ出し、階段へと導いた。そこは二人が二日前、情熱的に体を重ねた場所だった。階段の下にたどり着くと、客のざわめきやクリスタルの触れ合う音がした。グレースはマクシムの妻として客と対面するのが怖くなった。

廊下の途中で足をとめた彼女は、せっぱつまった表情でマクシムの手を引っぱった。

マクシムがいらだたしげにグレースを見た。「どうしたんだ？」

「あなたのこと、最初から信じるべきだったわ。ごめんなさい」グレースは目に涙をため、急いで言った。「あなたは私を裏切らなかった。フランセスカが言ったの、伯爵に偽装婚約のことを話したのは自分だって。ああ、マクシム、私を許してくれる？」

マクシムはいぶかしげに目を細めた。「フランセスカと話をしたのか？」

「彼女がここに来たのよ」

彼の眉が上がった。「ここに？　いったい――」

グレースはマクシムの手に手を重ねた。「あなたともう一度やり直したいの。ロンドンにいたときの二人に戻りたいのよ。今、私はあなたを信じているわ。あなたを信じなかったことを後悔して――」

「あっさり僕を信じるというのか？」マクシムは冷ややかにさえぎった。「君は僕の言うことを信じなかったのに、彼女の言葉なら信じるんだな」

グレースは困惑した。私はあやまり、許しを請い、一からやり直したいと懇願した。あとほかになにができるだろう？　彼の顔に冷然とした表情が浮かび、体が硬くこわばっているときに。

「行こう」マクシムは顔をそむけると、大広間へ向かった。そこでは数百人もの社交界の人々が待っている。

グレースはマクシムのタキシードの袖《そで》を引いた。なんとしても彼に話を聞いてほしかった。「マクシム、私は……」心臓が喉元までせりあがってきたような気がした。「あなたを愛しているの」

マクシムの目が大きく見開かれた。その深みをたたえた瞳からはどんな感情も読み取れなかったが、グレースの胸にはせつなさと不安がこみあげた。

「あなたを愛しているの」グレースはからからに乾いた口で繰り返した。「それをあなたに知ってもらいたかったの。あなたは私を愛してくれる？」

グレースはマクシムの答えを待った。時間が刻々と過ぎていくのに、二人はそのまま動かなかった。

それからゆっくりとマクシムの表情がよそよそしくなった。彼はかぶりを振った。「遅すぎたな」

「どうして遅すぎるなんてことがあるの？」グレースはあえいだ。

「子供のことはこれからも気にかけていく」マクシムは目をそらし、肩をこわばらせた。

「だが、君を再び愛することはないだろう」

再び？　彼は私を愛していたの？

そう、彼は私を愛していた……そしてその愛を、私はむざむざと投げ捨てたのだ。

「いいえ！」グレースは叫んだ。「遅すぎるなんてことはないわ。あなたを愛しているのよ。もしもあなたがかつては私を愛してくれていたのなら……」

マクシムは皮肉な笑みを浮かべた。その目からはいっさいの感情が消えている。「僕の愛に、君がどんなに見事に応《こた》えてくれたことか」

「私は恐ろしい間違いを犯したわ」哀れっぽい自分の声が情けなかったが、マクシムを失うわけにはいかなかった。まさしく今、彼こそ自分がずっと求めてきた相手なのだとようやく悟ったのだから。「お願い、あなたを失いたくないの」そこでグレースは胸に鋭い痛みを覚えた。「でも、もう失ってしまったのね。あなたは彼女と一緒にいたいんでしょう」

「彼女？」

「名前を言わなきゃわからない？」

マクシムは顎をこわばらせ、鼻から息を吐き出した。「フランセスカとのことでいちいち自己弁護するのはもううんざりだ。君は僕の妻で、僕の子供を身ごもっている。だから、僕の人生にほかの女性がかかわってくることはない。そんなことはありえない。いったい何度言えばわかるんだ？」

「だけど、もし赤ちゃんがいなかったら？」胸がどきどきして息が苦しい。「それでもあなたは私と結婚したかしら？」

「今さらきいてどうする？　赤ん坊は君のおなかにいる。決断は下された。愛は関係ないだろう」

グレースは目を閉じて胸の痛みを締め出した。「あなたは間違っているわ。大事なのは愛だけよ」

もし私が妊娠しなかったら、彼はさっさとフランセスカのもとへ行っていただろう。彼の心は彼女のもとにある。彼女こそ、美しくて裕福で、あらゆる意味でマクシムにふさわしい相手だ。

「僕は君も子供も守っていく」マクシムが低い声で言った。「それ以上のことは求めてもむだだ」

ロストフの名字を名乗らせ、何不自由ない生活を送らせるということだ。そこに感情はない。

グレースの両親はこの上なく幸せな結婚生活を送った。しじゅうからかい合い、一緒に笑っていた。キッチンで料理をしている母の腰に両腕をまわす父の姿をよく覚えている。両親の愛はあらゆるものに存分にそそがれた。とくに子供たちには。グレースと弟たちは、両親の愛という大きな傘の下でそれは幸福な子供時代を送った。

思い出にふけっていたグレースは、突然悟った。キャノン家を一つにまとめていたのは、あの家ではない。みんなが温かく安心して過ごせたのは、家ではなく両親の愛のおかげだったのだと。父が亡くなったあともずっと互いを思いやったからなのだ。

熱い塊がますます喉を締めつけた。

この愛のない結婚によって、子供のためにいったいどんな家庭が築けるというのだろう？　子供ができたからといって自分の幸せを犠牲にした父親に育てられた息子か娘は、どんなふうに感じるだろう?

グレースは急に泣きたくなった。

マクシムがぎこちなく腕を差し出した。「さあ。招待客が待っている」

彼にエスコートされながら、グレースは心が粉々になったような気がした。

高い天井で輝くクリスタルのシャンデリアに照らされた大理石張りの大広間で、グレースはずらりと並んだ客の顔を見まわした。プリンセス・グレース・ロストフが紹介されると、数百人もの人々がいっせいに拍手した。ダイヤモンドで飾りたてたきらびやかな女性たちとマクシムの億万長者の友人たちが、新しいプリンセスのためにシャンパングラスを掲げて乾杯し、英語とロシア語の両方で祝福した。

グレースが大広間のいたるところに飾られた金縁の鏡をちらりと見ると、そこに映る姿は本物のプリンセスに見えた。髪にはティアラが輝き、シャンパン色のドレスは動くたびにさらさらと衣《きぬ》ずれの音をたてる。今日は靴まで完璧だった。いわば、シンデレラのガラスの靴の二十一世紀版だ。

だが、マクシムの腕の中で、あるいはベッドの中で満たされていた貧しい平凡な秘書だったころにはもう戻れない。幸せをつかむチャンスがあったあのころには。マクシムが私を愛していたあのころには。彼は一度も愛しているという言葉を口にしなかったけれど、愛を感じさせてくれた。

大広間で待っていたダリヤが顔を輝かせて二人を一緒に抱き締めた。「あなたがお義姉《ねえ》さんになってくれてとってもうれしいわ」グレースにささやく。「義姉《あね》だけじゃなくて、友達にもなってくれて。おまけにあなたは私を叔母さんにしてくれるのね！」

「ありがとう」目をしばたたいて涙を払いながら、グレースは精いっぱいほほえんだ。「あなたの友情がどんなにありがたいか……」そのとき、ダリヤの肩ごしにフランセスカの姿を目にし、凍りついた。

自分の横でマクシムも体をこわばらせるのがわかった。そっとうかがうと、顔は無表情で、唇は真一文字に結ばれている。彼はまっすぐにフランセスカを見た。「ちょっと失礼するよ」

マクシムが人込みをぬっていき、フランセスカの手首をつかんで書斎へ向かっていくのを、グレースはじっと見守った。書斎のドアを閉める彼の顔には怒りがみなぎっているように見えた。

その瞬間、急に霧が晴れたように、グレースはすべてを理解した。マクシムはフランセスカと浮気などしていない。それが確信できた。彼は、いったん約束したことは必ず守る。そういう高潔な人間だ。

彼はフランセスカをここに呼んではいない。たとえ愛していないにせよ、妻にした女性に誠実であろうと決めたのだから。家族が彼にとってすべてなのだ。彼は私を裏切らないないだろう。

でも、私は彼にそうしてほしいの？　長年アランにさんざん利用され、やさしさを必死に求めてきたのに、私を愛していない男性と永遠に結ばれることを本当に望んでいるの？

この〝氷の宮殿〟で、生まれてくる子供を幸せにできる？　子供が両親の冷たい関係にとまどい、やがてそれが自分のせいだと思うようになるとわかっていて？　子供のために自分を犠牲にすることはいとわない。ただ、いくら裕福な生活が送れるからといって、幼い子の柔らかい心を傷つけるようなまねはできない。大事な子供を自責の念で果てしなく苦しめることなどしたくない。

「彼女、ここでなにをしているの？」ダリヤが不愉快そうに言った。「なんて厚かましいのかしら」

「私……ちょっと気分が悪くて……」グレースは額をさすった。「みなさんにお礼を申しあげてから失礼してもかまわないかしら？」

「ええ、もちろん」ダリヤは心配そうにグレースの顔をのぞきこんだ。「顔色がよくないわ。兄を呼んできましょう——」

「やめて！　彼にはなにも言わないで。一人になりたいの」グレースはこみあげる嗚咽《おえつ》を抑え、急いで階段を駆けあがった。

寝室のドアをうしろ手に閉めると、ベッドに倒れこんだ。

愛が家族を一つにするのだ。

私はおなかの赤ちゃんを愛している。マクシムを愛している。

でも、マクシムは？

グレースは広いウォークイン・クローゼットの中の古ぼけたスーツケースに目を向けた。あれとともにロンドンへ行き、カリフォルニアに戻り、モスクワに飛んだ。ここから帰るときも一緒だ。

〝彼を愛しているなら、自由にしてあげなさい〟フランセスカはそう言っていた。私はマクシムを愛している。おなかの赤ちゃんを愛している。二人とも心から愛しているからこそ、取るべき唯一の道がある。二人とも幸せにしてあげられる道が。二人とも自由にしてあげられる道が。

グレースはベッドから体を起こすと、スーツケースを取り出した。

「よくもここまでのこのこやってこられたな」マクシムは書斎のドアを閉めると、声を荒らげた。「ロンドンではっきりと言ったはずだぞ。僕たちはもう終わったんだ。二カ月半前、君が僕にくだらない最後通告を突きつけたときにな」

フランセスカは完璧《かんぺき》にアイラインを引いた目で彼を見あげた。「その埋め合わせに、あなたに契約を結ばせたんじゃないの、ダーリン」

「あれはもともと僕が結ぶはずの契約だったんだ」

おずおずとした笑みが赤い唇に浮かんだ。「私の作戦負けね。このラウンドはあなたの勝ちだわ」

マクシムは冷たい視線をフランセスカに向けた。今この瞬間、念入りに計算された涙が彼女の目から流れるものと思った。アイメーキャップをみじんも損なわずに。彼女は自己演出の名人だ。

グレースと違って。大広間へ向かう前の彼女はひどく弱々しく見えた。

〝あなたを愛しているの〟グレースは言っていた。〝あなたは私を愛してくれる?〟

彼の答えはひどく残酷なものだった。

グレースの顔に浮かんだ打ちひしがれた表情を思い出し、マクシムは両手を握り締めた。彼女はまったくの無防備だった。そんな彼女を、僕は冷淡に突き放した。それでも彼女は、僕が与える気のないもの、与えられないものを求めた……。

「私と一緒にロンドンに帰って」フランセスカが言った。「もう潮時よ」

「どうやら君は気づいていないようだな」マクシムは辛辣《しんらつ》に応じた。「僕には妻がいるんだ」

強い感情がフランセスカのメイクの下の顔を青ざめさせた。「あなたに最後通告を突きつけたりするべきじゃなかったわ。でも、いったいいつまでそうやって私の過ちを責めつづけるつもり？　あの金目当ての女をさっさと追い出しなさいよ」

「彼女のことをなんて呼んだ？」マクシムは押し殺した声で迫った。

フランセスカは嘲りをこめて彼を一瞥《いちべつ》した。「やめてよ、もう。秘書とでも呼ぶの？　彼女が金目当てなのは明らかでしょう。あなたのもとから去ってもらうために、彼女に白紙の小切手を提示したの。でも、彼女は断った。赤ん坊が生まれればもっと大金を現金で手に入れられると知っているのよ」

マクシムは握った拳に力をこめた。「君は彼女を金で追い払おうとしたのか？」

フランセスカは鼻を鳴らした。「あなたのためにしたんじゃないの。本当は彼女となんか結婚したくなかったはずよ。彼女、あなたの好みとはかけ離れているもの！」

僕の好み？　グレースの顔がマクシムの脳裏をよぎった。彼女の正直さ。純粋さ。笑いと涙。考えていることがすぐに顔に出るような素直さ。まわりの人たちへの気遣いと思いやり。やさしい心。

金目当ての女だって？　彼女は最初から僕の金などいらないとはっきり言っていた。ロンドンで贅沢《ぜいたく》をさせようとしたが、うまくいかなかった。服や宝石や車や家を次々と贈ろうとしたのに、ことごとく拒んだ。唯一受け入れたのはカリフォルニアの家のローンの返済だけだ。それと引き換えに僕は脅すようにして彼女に結婚を承諾させた。そのことを思い出すと、恥辱にも似た感情がわきあがった。

選択肢はなかったのだと、マクシムは自分に言い聞かせた。子供を守るために、彼女を僕と結婚させなければならなかったのだから。しかし、何度なく繰り返してきたその理由が今日はむなしく響いた。

「君の言うとおりだ」マクシムは暗い声で言い、髪に手を突っこんだ。「グレースは僕の好みじゃない」

「そうよ」フランセスカが抜け目なくほほえんだ。「私があなたの好みの女よ」

確かにそうだ。フランセスカはまさに僕の好みだ。駆け引きを楽しみ、手段を選ばない汚い戦いを好む美しいエゴイスト。高貴な生まれゆえに自分たちは特別だと思いこんでいるが、つまるところ、彼女があがめるものはただ一つ――金だけだ。

フランセスカはマクシムに近づくと、悩ましい赤い唇に舌を這《は》わせた。「あなたと私の相性は完璧よ。そう、私たちはずっと戦ってきたけれど、それというのも、二人ともどんな犠牲を払おうと自らの欲求をどこまでも追求するからだわ。私たちは根っからの利己主義者なの。現実を見なさい、マクシム、私たちはうり二つなのよ！」

マクシムはフランセスカを見つめた。

「それは違う」彼はざらついた声で言った。「僕は君とは似ても似つかない。さあ、出ていってくれ」

「ばかなことを言わないで。私と結婚しないと、ひと財産をどぶに捨てることになるのよ」

「僕たちの関係はもう終わったんだ。完全に」マクシムは両手を握り締め、彼女を冷たく見すえた。「もし君がまた会いに来たら……そして、僕の妻をうろたえさせたら、必ず後悔させてやる」そしてドアの前まで行き、さっと開けた。「さあ、出ていけ」

「けっこうだこと」フランセスカは歯ぎしりしながら言うと、胸をそらした。「あの退屈な奥さんとの生活をせいぜい楽しんで。子供が生まれるころにはとっくに飽きているでしょうけどね！」

遠ざかる足音が響く中、マクシムは重々しくドアを閉め、デスクの前の椅子に座った。心の奥底では、自分がフランセスカに似ているのはわかっていた。少なくとも今までの自分は。心からのやさしさと生まれつきの美しさで、人生には金よりも尊いものがあると教えてくれた女性に出会うまでの自分は。

そのとき、だれかが入ってくる音を耳にして顔を上げたマクシムは、うなり声をあげそうになった。

妹が腕組みをしてドア口に立っていた。

「そろそろお兄様があの女を追い払ったかと思って」ダリヤは言った。「今度こそ永遠に追い払ったのならいいけど。モスクワ川にロレックスでも投げこんでやればよかったのよ。

そうすれば、彼女、間違いなく、川が凍っていたって飛びこんだ――」

「グレースはどこだ?」マクシムはさえぎった。

「気分がよくないからって自分の部屋に引きあげたわ」そこでダリヤは兄と目を合わせた。

「この屋敷にあふれんばかりのお客は今、主人の接待も女主人のもてなしも受けていないのよ。お兄様がそれを知りたいんじゃないかと思ったの」

マクシムは深々と息をついた。「グレースは僕がフランセスカとここに入るのを見たろうか?」

「ええ。彼女だけでなく、みんな見ていたわ。行って、取りつくろったほうがいいんじゃないかしら」

マクシムは奥歯を噛《か》み締めた。「すぐに彼女のところへ行きたい」フランセスカと会って、自分が汚れているような気がした。いや、本当に汚れているのか? 彼女と同じように?

グレースに会いたかった。彼女の穏やかな顔を見て、彼女のやさしい声を聞きたかった。彼女の柔らかな腕に包まれたら、澄んだきれいな空気を吸いこめそうな気がする……。

「彼女をやすませてあげて」ダリヤが言った。「話は明日の朝でいいでしょ。今はモスクワじゅうに噂《うわさ》が流れるのをとめなくちゃ。そうでないと、お兄様の結婚生活は始まる前に終わっちゃうわ」

マクシムは寝室に逃げこんだグレースを責めるつもりはなかった。今まで彼女を一人、おおぜいの見知らぬ客の中に残し、自分は元恋人と書斎に姿を消していたのだから。彼女が不安になるのも当然だ。彼女の不安をぬぐわなくては。

〝私たちはうり二つなのよ〟フランセスカの言葉がよみがえった。

しかし、その言葉に、グレースがずっと前に口にした言葉が重なった。〝あなたは善良な人よ……私は本当のあなたを知っているわ〟

僕はどちらの女性を信じたいのだろう？

どちらの男になりたいのか？

マクシムは深く息を吸いこんだ。「ちょっとだけグレースのようすを見てくるよ。眠っていたら起こさない。僕が戻るまでお客をもてなしていてくれ」

グレースの寝室にたどり着いた彼は、ドアをそっとノックした。応答がないので、ドアを押し開けた。

部屋の中は暗かった。窓から差しこむわずかな月の光で、天蓋《てんがい》つきのベッドに寝ているグレースのシルエットがぼんやりと見えた。彼女を起こしたかったが、我慢した。自分の慰めを得るためだけに起こすのはわがままというものだろう。

僕は夫なのだ。これから父親になるのだ。

マクシムは顔をそむけると、喉を締めつける痛みを無視して階段へ向かい、この屋敷の主人としての義務を果たすことに専念した。客をもてなし、花嫁は体調がおもわしくないと説明した。しかし、果てしなく長く思える舞踏会の間じゅう、グレースのことを考えずにはいられなかった。自分との結婚を〝金めっきの鳥籠《とりかご》〟と呼んだ罰として与えた孤独な寝室で眠っている彼女のことを。

夜明けにようやく最後の客をドアから送り出したマクシムは、静かにグレースの寝室に戻った。彼女が起きていることを祈りながら。もし起きていたら、どれくらい自分を抑えていられるかわからなかった。

彼はグレースの姿を見てほっとしたかった。自分の残酷なふるまいを後悔していると彼女に伝えたかった。そして……。

ドアを開けたとき、明け方のグレーがかったピンクの光が部屋を満たしていた。グレースは昨夜と同じようにまだベッドにいた。起こさないほうがいいと、マクシムは自分に言い聞かせた。眠る彼女を見ているだけでいい。それだけで心が安らぐだろう。

しかし、明るい部屋の中に足を踏み入れてみて、なにかがおかしいと感じた。ベッドに横たわるグレースの体はどこか不自然だ。毛布はヘッドボードまで引きあげられている。毛布をはぐと……そこには枕《まくら》があった。

彼女がいない！

マクシムは枕に添えられたメモをつかんだ。

マクシム
私のおなかに赤ちゃんはいません。妊娠しているふりをしていたのです。あなたのお金が目当てで。でも、もう無理です。どうかすぐに離婚してください。そして、私をさがさないでください。慰謝料はいりません。あなたがフランセスカと幸せに暮らすことを祈っています。私が望むのは、あなたが愛する女性と一緒になることです。
グレース

赤ん坊はいない？　妊娠しているふりをしていた？

痛みが体を貫き、そのあまりの衝撃に、マクシムは膝からくずおれそうになった。息ができなかった。タキシードに合わせて締めた蝶《ちょう》ネクタイが急に空気を奪い、窒息させようとでもしているかのようだ。彼は蝶ネクタイを引きちぎって床に投げ捨てると、メモをもう一度読んだ。さらにもう一度。

それからメモを手の中でくしゃくしゃにまるめた。

今初めてマクシムは、赤ん坊が自分にとってどれだけ大きな存在になっていたかを思い知った。会社の合併という大仕事に忙殺されながらも、やがて生まれる子供のことをあれこれ思い描いていたのだ。その子はロストフ家の顔立ちを受け継いでいるだろうか？　グレースそっくりの淡いブロンドの髪とブルーグリーンの瞳を持って生まれるだろうか？

マクシムはまるめたメモを投げつけた。それだけではおさまらなかった。ランプをつかむと、部屋の向こうに投げた。ランプは壁に当たって壊れた。

彼女は嘘をついていた。僕と結婚するために妊娠を装った……。

金のために？

マクシムははっとした。あのグレースが僕の金目当てに？

以前何度もグレースに経済的な援助を申し出て、そのたびに固辞されたことが思い出された。彼女はいわゆる贅沢品に興味はなかった。結婚してから贈った服やアクセサリーはすべて、クローゼットにそのまま残されていた。マクシムの大伯母の持ち物だった、値のつけられないほど高価なティアラも。

グレースは嘘などついていない。赤ん坊がいないということが、彼女の初めてついた嘘なのだ。

マクシムは床のメモを見おろした。

フランセスカの仕業だ。僕が愛しているのはフランセスカだとグレースに思わせたに違いない。そして、僕もそれに加担したのだ。僕が求めているのは君と赤ん坊だとグレースに言ってやることもできたのに。屋敷に独りぼっちにしておく代わりに、彼女と一緒に過ごすこともできたのに。僕は夫らしいことも父親らしいこともなに一つしなかった。

寂しい思いをしている妊娠中の妻に必要な安心感も慰めも愛情も与えなかった。

一方、グレースは僕に幸せになってほしいと望んでいる。たとえそのために自分が身を引き、ほかの女性に僕をゆずることになっても。

マクシムは心から自分を恥じた。

僕はグレースの愛に値しない人間だ。彼女にふさわしくない男だ。だが……彼女を愛している。

彼女はほかのどんな女性とも違う。真心を持っている。他人のために喜んで自分を犠牲にする。ところが、僕は怒りやくだらないプライドのために自分の幸せも……彼女の幸せもだいなしにしようとしていたのだ。なんと愚かで自分勝手だったのだろう。

金も権力も成功も、貧乏のどん底にいた子供のころに夢見たすべてを手に入れたのに、グレースがいなくてはなんの意味もない。

愛する女性を手に入れられないのなら、世界で最も裕福なことがなんの役に立つだろう？

12

グレースは列車の窓についた霜をぬぐい、バイカル湖と遠くの山々を眺めた。世界で最も深いとされる湖はどこまでも白い氷におおわれ、まるで雪原のようで、神秘的な雰囲気を漂わせている。

この列車に乗ってからいったい何日たつだろう？　モスクワから始まった旅は、ほとんど日の差さない暗い昼ともっと暗い夜の区別もつかないまま続いた。グレースはぼんやりと、人家がまばらに立つ山腹を眺めた。標識に書かれたロシア語は読めなかった。知っている地名だというのに。

シベリア。

憧《あこが》れのシベリア横断鉄道に乗ればみじめな気持ちも少しは晴れるのではないかと思っていた。そして、マクシムに見つかることはないと安心できるのではないかと。彼は空港と、おそらくヨーロッパへ向かう列車を調べるだろうから。

もっとも、妻をさがす気になったとすればだが。

暖房のききすぎた車内で体がかっとほてり、グレースは冷たい窓ガラスに額をつけた。子供のころの夢がかなって喜ぶどころか、自ら別れを告げた男性のことで苦悩せずにはいられなかった。

駅の小さなプラットホームは雪をかぶっていた。オーバーと帽子に身を包んだ女性が三人、魚や自家製のパンや果物を乗客たちに売っている。込んだ三等車で、むっとするたばこの煙や汗のにおいに耐えながら嘆き悲しんできた身には、香り高く甘い果物がひどく魅力的に見えた。

着古したセーターとジーンズの上に厚いコートをはおると、グレースは列車を降りた。そして、女性の一人にロシアの硬貨を渡してオレンジを受け取ると、ろくに皮もむかないうちにそのみずみずしい果肉をかじった。涙が頬を伝った。おいしかった。天国の味がした。

だが、もう一口かじったとき、急に味がわからなくなった。グレースは茫漠《ぼうばく》と広がる凍りついた湖を見やった。そのはるか遠くにいる男性を胸が苦しくなるほど求めて。

私の夫。

自分がどうやって彼のもとを去ったかを考えると、心臓がねじれるような気がした。妊娠していないと嘘《うそ》をついてよかったのよ。グレースは自分に言い聞かせた。彼は本当は夫にも父親にもなりたくなかったのだから。彼と彼が愛している女性との間を引き裂くことなんてできない。私がなにより望むものが彼の幸せとおなかの赤ちゃんの幸せなら、なおさら……。

しかし、今この瞬間、グレースはせつないほど彼を求めるあまり、自分より他人の幸福を優先させようという気持ちがくじけかけた。彼女は痛いほど彼に恋い焦がれていた。彼のやさしさに、彼のほほえみに。彼の傲然《ごうぜん》としたまなざしにさえ。そのどれもが私のものだったのだ。

結婚披露舞踏会の晩、グレースはこっそり屋敷を抜け出し、百ドルを作るために、モスクワ市内の質店に母の結婚指輪を泣く泣く売った。

この旅は涙に彩られていた。マクシムがほかの女性を愛していることを思い、母の指輪を売ってしまったことを思い、おなかの赤ん坊が父親を知らずに育つことを思っては涙にくれた。

親切な女性車掌がそんなグレースを気遣って、一等車の食堂から干し鱈《だら》とボルシチをこっそり運んでくれた。やはり愛に傷ついた経験があるのか、二人の間には連帯感のようなものが生まれていた。

だれもみな、ひそかに心の傷を隠して生きているのかもしれない。ふとそんな気がした。

グレースは必死に雪のバイカル湖を見つめた。遠くから黒いトラックが凍った湖面を横切ってこちらに近づいてくる。目に涙があふれ、視界が曇った。

彼女は自分のしたことを憎んだ。マクシムに残酷な嘘をついたことを憎んだ。

彼を自由にしてあげるにはそうするしかなかったのだと自分に言い聞かせ、手袋をはめた手の甲で涙をぬぐった。もしも彼が妊娠は本当のことで、赤ん坊がこのおなかの中で日々育っていると知ったら、地球の果てまで私を追ってくるだろう。そうなったら、彼を私のもとに縛りつけることになってしまう。

私自身は今、限りなく自由だ。でも、その自由が死刑宣告のように思える。あと数日で、この旅の目的地であるウラジオストックに着く。そこから料金の安い水路で太平洋を渡ればいい。明るい日差しに満ちたカリフォルニアへ行けば、なにかしら仕事を見つけて子供を育てることができるだろう。

しかし、その日の光が、今のグレースにはどんな雨より寒々しく思えた。

深々と震えるような息をついたとき、黒いトラックがプラットホームの向こう端に横づけされた。

男性が降り立ち、ばたんとドアを閉める。

彼はグレースに向かって歩いてきた。北方の巨人族が残した古代の刀のように鋭い氷に囲まれ、黒いコートをはおってゴシック小説の登場人物のように白い霧の中から現れたのは、黒髪のプリンスだった。

彼が腕を伸ばしてきたとき、感覚のなくなったグレースの手からオレンジがころがり落ちた。

「マクシム?」彼女は弱々しく呼びかけた。

マクシムはグレースを腕の中に抱き寄せると、激しくキスをした。

「グレース……ああ、グレース……」彼はささやいた。「よかった。君を見つけられないんじゃないかと思っていた」

「ここでなにをしているの? シベリアで?」夢を見ているに違いないと思いながら、グレースは手を伸ばしてマクシムの不精髭《ひげ》でざらついた頬に触れた。こんなに髭を伸ばした彼を見るのは初めてだ。「髭を剃《そ》っていないのね……」

「この列車に最後の望みをかけていた。この四日間、ほとんど眠れなかった。君が見つかって本当によかった」グレースの頬を撫《な》でるマクシムの目には光るものがあった。「君たち二人ともが」

グレースはあえいだ。私が嘘をついていることを彼は知っていたのだ!

彼女は口を開き、もう一度嘘をつこうとしたが、できなかった。開いた口からは嗚咽《おえつ》がもれた。

「ごめんなさい……」グレースは彼の胸に顔を押し当てて泣きだした。

「ごめんなさい?」マクシムは彼女の背中をさすりながらやさしく言った。「あやまるのは僕のほうだ」

「どうしてもあなたを解放してあげたかったの」グレースはすすり泣いた。「あなたを幸せにしてあげたかった。でも、うまくいかなかった……」

「うまくいかなかった？」マクシムはかぶりを振って忍び笑いをもらした。「僕はこれまで君という人についてなにも学んでこなかったと思うのかい？　君はこの地球くらい広い心を持っている。僕の幸福のために自分の幸福を犠牲にしようとしているんだと、すぐにわかったよ」

「あなたはかつて私のために、自分のいちばん欲しいものをあきらめてくれたわ」涙がとめどなくあふれた。冷たい外気の中で、涙は落ちるそばから凍りつくかのようだった。

「だから、マクシム、今度こそあなたが本当に愛している女性と一緒になってほしくて――」

「僕はまさに本当に愛している女性と一緒にいるよ」マクシムは思いのたけをこめて言うと、グレースの視線をとらえた。彼のあまりにも強いまなざしに、グレースは目をそらすことができなかった。「それは君だ、グレース。君だけだ。僕がこれまで愛した女性は君だけなんだよ。そして、これから愛する女性も」

「私？」たった今聞いたことが信じられなくて、グレースは消え入りそうな声できき返した。

「自家用機が湖の向こうで待っている」マクシムは彼女の肩に腕をまわした。「我が家に帰ろう」

「我が家に」その言葉に心をくすぐられ、グレースはマクシムを見あげた。「そうなの？」

「一つはっきり言っておきたい」マクシムはグレースの手を取って自分の頬に押し当てた。「僕は君が妊娠したから結婚したんじゃない。君を憎んでいると思いこんでいたときでさえ、心のどこかでは君が自分にとって唯一の女性だとわかっていた。僕は一生、君のものだ。そして、君が僕のプリンセス、たった一人の妻だよ」彼は誓いを立てるように胸に手を当てた。「君を心から愛している。これから先もずっと」

この霧深いシベリアの森とどこまでも白く続く湖のはずれにあるプラットホームで、マクシムは情熱の限りをこめてグレースにキスをした。

拍手と冷やかしがぼんやりと耳に入った。ロシア語や中国語や知らない国の言葉が入りまじっている。グレースは頬を染めてマクシムから体を離した。列車の窓から老若男女が身を乗り出し、笑顔ではやしたてている。

マクシムがいたずらっぽい表情で黒いコートの中にグレースを包みこんだ。「今日は一月六日だ。なんの日か知っているかい？」

「公現祭？」

「そして、クリスマスイブでもある」

「クリスマスイブは二週間近く前よ」

「ロシアでは一月七日にもクリスマスを祝うんだ。ロシアのように冬が長いと、一度きりのクリスマスではもの足りないからね」マクシムはちゃめっけたっぷりに、相変わらず窓から喝采《かっさい》を送っている人々のほうを振り返った。「観客たちにクリスマスの贈り物をしよう」そう言って、グレースの冷たい頬を撫でた。彼の温かい息のおかげで涙はまだ凍っていない。「愛がどんなものか見せてあげるんだ」

マクシムは再びキスをした。今度は長く深く、真心のこもったキスだった。グレースにはもはや拍手も口笛も聞こえなかった。耳の奥で彼の鼓動に完璧《かんぺき》に合わせて鳴り響く自分の心臓の音以外は。

一年後、グレースはデヴォンシャーにある新居の柊《ひいらぎ》の飾られた階段を静かに下りていった。手すりにはクリスマスの靴下がいくつもぶらさがっている。

階下から物音が聞こえ、はっとした。弟たちはさすがにもうサンタクロースの存在を信じていないが、息子のセルゲイにはまだ夢を与えておきたい。四カ月の息子がどんなに自分の心をとらえているかを考えると、思わず笑いがこみあげた。セルゲイは世界一賢い赤ん坊だ。もっとも、それが少々身びいきであるのは承知のうえだが。

サンタクロースはすでに最高のプレゼントをグレースに届けてくれていた。

この家は、去年グレースがセルゲイを身ごもったときにはがらんとして殺風景だった。

だが、今は違う。まだ妊娠中に数カ月かけてインテリアコーディネーターと相談し、世界じゅうから家具を取り寄せ、居心地のいい明るい家にしつらえたのだ。同じように、モスクワとロンドンとロサンゼルスとカップ・フェラットとアンティグアにある家も調えた。だが、この家がグレースのいちばんのお気に入りだった。

ここそが我が家だった。

ちょうど子供部屋の準備を終えたとき、グレースは出産予定日より三週間早く産気づいた。セルゲイは近くの村の病院で無事生まれ、それからすくすくと育っている。家族三人、幸せいっぱいだ。この家が幸せをはぐくんでくれているように感じながら、グレースは古い暖炉とクリスマスツリーのある居間へ下りていった。

ジョークでプレゼントした赤いトナカイ柄のフランネルのパジャマのズボンだけはいた夫の姿が目に入ると、グレースは足をとめた。マクシムは三メートル以上もあるクリスマスツリーの前で息子をあやしていた。

「やっと寝てくれた」マクシムはそうささやくと、赤ん坊の柔らかい髪にそっとキスをした。「ベッドに連れていくよ」

グレースは胸がいっぱいになり、黙ってうなずいた。まどろむ幼子を抱いて階段をのぼっていく夫を見ながら、自分はこんな幸せをつかむほどのことをしたのだろうかという気がした。夢はすべてかなったのだ。

クリスマスにグレースを感激させようと、マクシムはこっそり彼女の家族を全員カリフォルニアから呼び寄せた。息子の最初のクリスマスをともに祝うために。

〝ああ、ダーリン〟昨夜、真夜中のホットチョコレートを一緒に飲んでいるとき、母は目にうれし涙をためて言ったものだ。〝あなたは本当におとぎ話のような幸せをつかんだのね〟

グレースはキャンディとオレンジとこまごましたプレゼントのつまった赤い靴下を大理石の炉棚につるし、少し下がって見てみた。それから満足げにうなずくと、母のために最後の靴下をつるした。母の結婚指輪が入っている。マクシムが二週間前にモスクワで見つけてきてくれたのだ。そのとき、グレースは感謝をこめて何度も彼にキスをした。

グレースの左手の薬指には今、サファイアに取り囲まれた十カラットのダイヤモンドの指輪が輝いている。キスをした直後、マクシムが差し出したのだ。〝君の髪と瞳に合うように選んだんだ。今度は君も受け取ってくれるだろう〟

そして、グレースは指輪を受け取った。拒むことなどできなかった。その指輪は、グレースにとってすべてと言ってもいいほど大事な結婚指輪に完璧になじんだ。ロシアのクリスマスにマクシムが贈ってくれた結婚指輪に。彼の妻でいることは喜びであり、誇りでもあった。

そのお返しに、申し分のない贈り物がついに見つかった。すべてを持っている男性に贈る完璧なプレゼントが。

泣き笑いしながら、グレースはそっとその小さな贈り物をマクシムの靴下に入れた。それは昨夜、マクシムが最後のクリスマスの買い物に村に出かけている間に撮ったセルゲイの写真だった。額におさめられた写真の中の息子は、手製のTシャツを着ている。そこにはこんな言葉が縫いつけられていた。〝僕はもうすぐお兄ちゃんになるんだ〟

マクシムの驚いた顔を想像すると、ほほえみが浮かび、それから涙がこみあげた。ばかみたいに涙もろいんだから。グレースは涙をふいて自分をたしなめた。でも、幸せすぎて死んじゃうことだってあるんじゃない？

二階で弟たちが起きる気配がした。もうすぐ三人とも我先に階下に駆けおりてきて、ツリーの下のプレゼントを開けにかかるだろう。母はきっと、改装しただだっ広いキッチンで、一日休みを取らせた使用人の代わりにみんなのブランチを作ろうとはりきるに違いない。それから、暖炉のそばに座って、孫のための小さな靴下を編んだり、新学期の教材を開いて予習をしたりするだろう。

そして、私は夫の膝の上に座り、だれも見ていない隙《すき》にキスをするだろう。彼はキスを返し、静かな夜になったら二人きりでクリスマスを祝えることを思って期待に胸をふくらませるだろう。

グレースは感謝の念を噛《か》み締めながら、窓の外の広大な雪原を眺めた。世界が目覚める前の安らかなひとときだ。雪をかぶった深緑の木々の間から夜明けの最初の淡い光が差しこんできた。

その光がグレースの心を明るく満たした。夫が自分のもとに戻るために階段を下りる足音が聞こえてきたとき、グレースは確信した。暖かい陽光がいつまでも自分たち家族を照らし、ぬくもりを与えつづけてくれることを。

●本書は2010年12月に小社より刊行された作品を文庫化したものです。

氷の罠と知らずに天使を宿し

2024年11月1日発行　第1刷

著　者　ジェニー・ルーカス

訳　者　飛川あゆみ(とびかわ　あゆみ)

発行人　鈴木幸辰

発行所　株式会社ハーパーコリンズ・ジャパン
東京都千代田区大手町1-5-1
04-2951-2000(注文)
0570-008091(読者サービス係)

印刷・製本　中央精版印刷株式会社

Printed in Japan © K.K. HarperCollins Japan 2024 ISBN978-4-596-71581-4

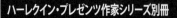